Sennefer

Die Grabkammer des Bürgermeisters von Theben

17. 1. 1993

Sennefer

Die Grabkammer des Bürgermeisters von Theben

Mit Beiträgen von
Rolf Gundlach und Mitarbeitern, Monique Nelson,
Fathy Hassanein, Wolfgang Helck, Marcel Kurz
und Christiane Desroches Noblecourt

VERLAG PHILIPP VON ZABERN · MAINZ AM RHEIN

Katalog-Handbuch: 104 Seiten mit 66 Farb- und 6 Schwarzweiß-Abbildungen

Umschlag: Blick auf die Ostwand der Grabkammer des Sennefer

Frontispiz: Theben-West, Grab des Sennefer, Sargkammer; Sennefer vor der Sykomore

Katalog:
Herausgeber: Arne Eggebrecht
Redaktion: Arne Eggebrecht, Eva Eggebrecht, Bettina Schmitz, Regine Schulz, Matthias Seidel

Alle Karten und Strichzeichnungen: Andreas Pankalla, Hildesheim

Umschlaggestaltung: Rolf Schulte, Hildesheim

Buchgestaltung: Verlag Philipp von Zabern

Fotografien: Erwin Böhm, Mainz
Jean-Luc Bovot, Paris
Margarete Büsing, Berlin
Arne und Eva Eggebrecht, Hildesheim
Marcel Kurz, Paris
Jürgen Liepe, Berlin
Sylvia Schoske, München
Regine Schulz, Hildesheim
A. Ghaffar Shedid, München
Eberhard Thiem (Lotosfilm), Kaufbeuren

Mitarbeiter an den Beiträgen von R. Gundlach:
Heike Burhenne, Mainz
Hartwig Hartmann, Mainz
Sabine Köthen, Mainz
Peter Pamminger, Mainz
Christina Reiche, Mainz
Mechthild Schade-Busch, Mainz
Heike Schmidt, Mainz
Dagmar Stockfisch, Mainz

ISBN 3-8053-1022-6
ISBN 3-8053-1034-X (Museumsausgabe)
Satz: Robert Hurler, Notzingen
Lithos: Witzemann & Schmidt, Wiesbaden
Papier: Papierfabrik Scheufelen, Lenningen
Gesamtherstellung: Zaberndruck, Mainz am Rhein
Printed in Germany / Imprimé en Allemagne
Printed on fade resistant and archival quality paper (PH 7 neutral)

Inhaltsverzeichnis

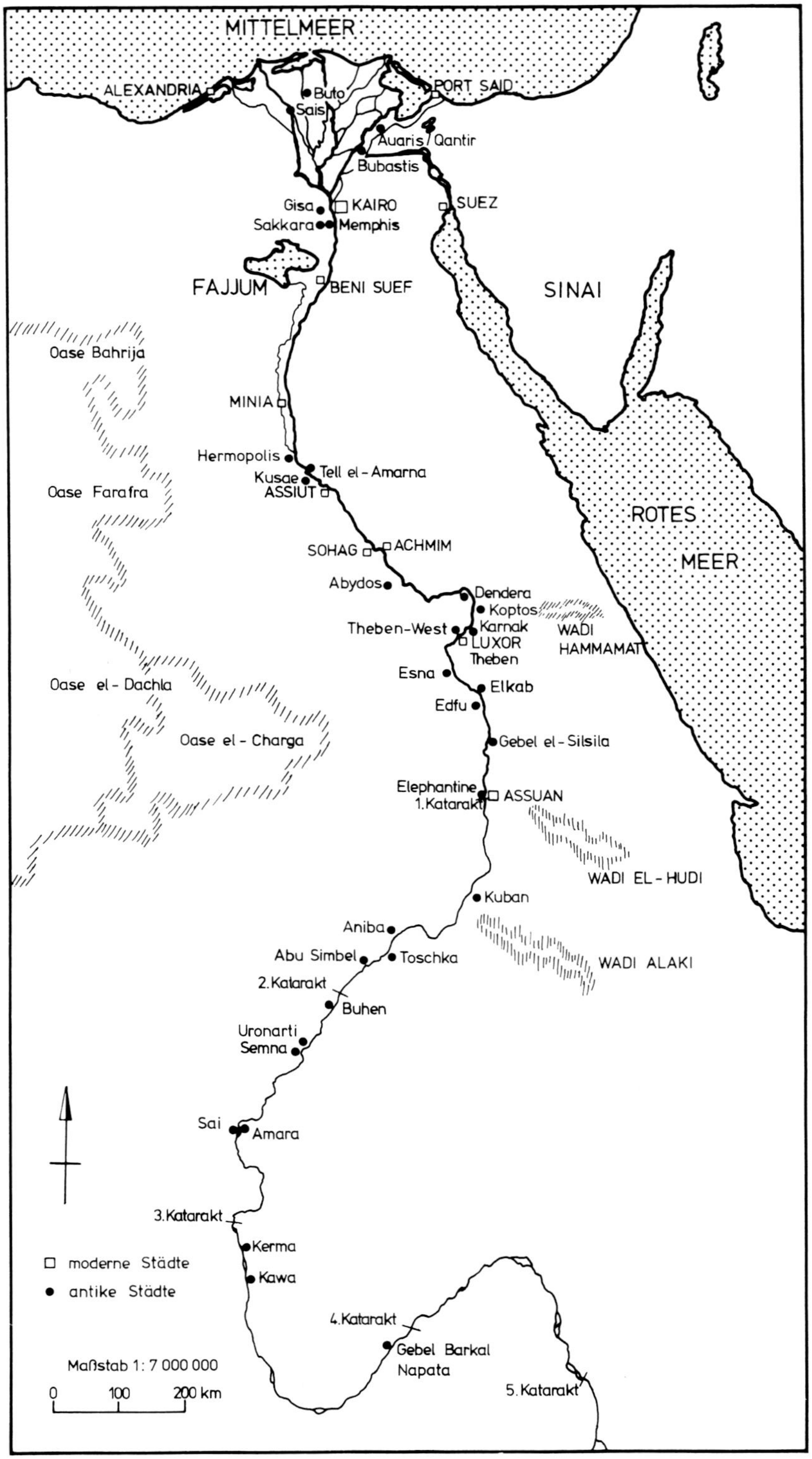

Abb. 1 Ägypten und Nubien

Vorwort

Der Tourismus moderner Ausprägung ist für Ägypten und viele andere Länder eine wirtschaftliche Notwendigkeit; Millionen von Besuchern schaffen sich so Jahr für Jahr die Möglichkeit zur persönlichen Begegnung mit Altägypten und seinen einzigartigen Kulturdenkmälern. Die Erfahrung hat nun aber gelehrt, daß der Tourismus auch negative Auswirkungen auf empfindliche Zeugnisse der Vergangenheit wie Grabmalereien und Reliefs haben kann. Besonders die Gräber der Könige und der Beamten des Neuen Reiches auf dem thebanischen Westufer sind stark gefährdet. Einen Ausweg aus dem Dilemma, entweder solche Denkmäler für Besucher zu schließen oder das Risiko ihrer endgültigen Zerstörung eingehen zu müssen, bieten Reproduktionen mit Hilfe eines fotografischen Verfahrens, das von Kodak-Pathé Frankreich entwickelt wurde und eine wirklichkeits- und detailgetreue Wiedergabe ermöglicht.
War schon die vor einigen Jahren in dieser Technik produzierte Nachbildung des »Saals der Stiere« der eiszeitlichen Höhle von Lascaux ein überzeugender Beweis für die Qualität der neuen Möglichkeiten, so wird dies durch die Reproduktion der Grabkammer des Sennefer auch für den Bereich des Alten Ägyptens überzeugend demonstriert. Durch die speziell für das Roemer- und Pelizaeus-Museum gefertigte Kopie wird es darüber hinaus möglich, viele, die selbst nicht nach Ägypten reisen können, neben dem Bild- auch den Raumeindruck einer derartigen Grabkammer unmittelbar aus eigener Anschauung erleben zu lassen.
Die vorliegende Begleitpublikation zur Reproduktion der Grabkammer des Sennefer stellt einen Auszug aus dem Katalog zur Sonderausstellung »Ägyptens Aufstieg zur Weltmacht« dar, die 1987 im Roemer- und Pelizaeus-Museum Hildesheim stattfand.
Zu danken habe ich in diesem Zusammenhang vor allen anderen Frau Prof. Dr. Christiane Desroches Noblecourt, die mit ihrem Team für eine Realisierung der Nachbildung sorgte. Insbesondere wirkten daran ihre Mitarbeiter Frau Monique Nelson und Herr Dr. Fathy Hassanein mit sowie die Herren Marcel Kurz und Jean-Luc Bovot, die auch für diese Veröffentlichung wertvolle Text- und Bildbeiträge lieferten. Des weiteren gilt mein Dank der Firma Kodak-Pathé mit Herrn François Lebel (Paris) sowie Herrn Alain Cunillera, dem Chef der Firma Basic Théâtral, Lyon. Zu danken ist ferner Herrn Prof. Dr. Rolf Gundlach und seinen Mitarbeitern für ihren intensiven Einsatz bei der Erstellung des Kataloges, an dessen Entstehung auch Frau Dr. Bettina Schmitz, Frau Dr. Regine Schulz und Herr Dr. Matthias Seidel wesentlichen Anteil hatten. Schließlich gilt mein Dank Frau Ruth Schumann-Antelme für die Übersetzung aus dem Französischen sowie der ägyptischen Altertümerverwaltung, ohne deren Einverständnis eine solche Nachbildung nicht möglich gewesen wäre.

Dr. Arne Eggebrecht

Leitender Direktor des Roemer- und Pelizaeus-Museums, Hildesheim

Abb. 2 Luxor-Museum, Reliefplatte aus Karnak mit einer Darstellung Amenophis' II. beim Bogenschießen

Der Staat des frühen Neuen Reiches: Königtum, Verwaltung und Beamtenschaft

Rolf Gundlach und Mitarbeiter

Betrachtet man die Entwicklung Ägyptens hin zum Staat des frühen Neuen Reiches ausschließlich auf der Basis der Ereignisgeschichte dieser Zeit sowie vor dem Hintergrund der in den Texten erkennbaren geistigen Strömungen, die Gegensätze zwischen – vereinfacht ausgedrückt – Anhängern der Tradition und Vertretern des Fortschritts widerspiegeln, so scheint mir ein wichtiger Aspekt zu wenig berücksichtigt: Ich meine die Frage, ob das Reich, das die Herrscher der frühen 18. Dynastie durch ihre Kriegszüge nach Nubien und Syrien schufen, tatsächlich nur das Ergebnis bestimmter, besonders günstiger politischer Konstellationen war, die die Ägypter ausnutzten, oder ob hinter der Ausdehnung der Grenzen nicht doch eine bestimmte Idee, erkennbar in einer Königsideologie und staatstheoretischen Überlegungen, stand – nämlich die feste Absicht der politischen Führung Ägyptens, das Land zur Vorherrschaft zu führen und damit ein Weltreich zu gründen.

Diesem Gedanken bin ich in bewußter Ergänzung zu bisher geäußerten Lehrmeinungen im folgenden nachgegangen, da ich glaube, daß das ägyptische Quellenmaterial aus der Zeit unmittelbar vor Gründung des Weltreiches und aus der frühen 18. Dynastie selbst einer solchen Fragestellung sehr entgegenkommt. Texte und Ereignisse lassen meines Erachtens verschiedene methodische Ansatzpunkte und entsprechend eine Pluralität von Interpretationen zu, die es noch zu diskutieren gilt. Es mag etwas gewagt sein, eine solche Diskussion ausgerechnet im Rahmen eines Ausstellungskataloges zu führen, doch scheint mir dieses Verfahren angesichts des großen Interesses, das gerade der altägyptischen Geschichte und Kultur seit vielen Jahren entgegengebracht wird, legitim. Ich gehe also in meinen nun folgenden Ausführungen von dem methodischen Ansatzpunkt aus, in Ägypten habe sich aus einer bestimmten Königsideologie und Staatstheorie heraus die Idee der Weltreichsgründung entwickelt.

Der Staat des frühen Neuen Reiches unterscheidet sich von dem der vorangegangenen Epochen ägyptischer Geschichte dadurch, daß Ägypten jetzt ein Weltreich errichtete. Dieses erstreckte sich zeitweise vom nördlichen Sudan bis nach Nordsyrien und umfaßte damit einen großen Teil der den Ägyptern damals bekannten Welt.

Die Entstehung und Entwicklung dieses Weltreiches ist meines Erachtens vom ägyptischen Königtum her zu verstehen, in dessen Rahmen sich die Politik Ägyptens vollzog. In den überlieferten Äußerungen zum Königtum können wir die ägyptische Staatstheorie fassen, auf deren Grundlage die Programme zur Gründung und zum Ausbau des Weltreiches entworfen wurden und deren Gestaltung umgekehrt von den politischen Entwicklungen mitbestimmt wurde.

Daher ist im folgenden zunächst das Königtum des frühen Neuen Reiches zu beschreiben und anschließend Struktur und Verwaltung dieses Weltreiches. Hinweise auf die staatstragende Beamtenschicht leiten dann zu einem weiteren Kapitel über, das sich mit Person und Grab eines dieser Beamten, des Bürgermeisters von Theben, Sennefer, beschäftigt, dessen Grabkammer in der Ausstellung einen so wichtigen Platz einnimmt.

Das Königtum des frühen Neuen Reiches

Nach dem Zusammenbruch des Mittleren Reiches und der 13. Dynastie um 1650 v.Chr. wurde im neuen Königtum der 17. Dynastie der König zwar wie schon früher mit dem Sonnengott direkt verknüpft, aber die starke Vergöttlichung des Königtums des Mittleren Reiches vermieden. Nach der neu entwickelten Ideologie äußerte sich der Sonnengott jetzt im Herzen (= Verstand) des Königs, d.h.,er steuerte dessen Verstand und bestimmte damit die geistigen Grundlagen der Politik. Er sprach durch den Mund des Königs, wodurch die staatliche Befehlskette vom Sonnengott selbst ausging. Zudem – und das ist das entscheidend Neue des Königtums der 17. Dynastie – setzte er den König als seine »Prozessionsstatue« ein.

Dieser Terminus stammt aus dem Tempelkult: Eine Prozessionsstatue ermöglichte es der Gottheit, zum Kultvollzug den Tempel zu verlassen. Mit dieser Definition des Königs als Prozessionsstatue des Sonnengottes verband sich die politische Intention, ihn als einzig legitimierten Beauftragten des Sonnengottes hinzustellen: Nur durch ihn sprach und handelte der oberste Gott. Damit war alles Handeln des Königs das Handeln des Sonnengottes. Der König war andererseits verpflichtet, den Götterkult durch Tempelbau zu ermöglichen und durchzuführen sowie Ägypten zu beschützen. Die beiden Hauptrichtungen staatlicher Politik, nach oben gegenüber den Göttern und nach unten gegenüber den Menschen, erhielten damit eine neue Grundlage.

Der zweite König der 17. Dynastie, Rahotep, fixierte diese Definition des ägyptischen Königtums erstmals auf seiner Stele aus Koptos, auf der die Königsideologie in Form einer Rede von Beamten an den König formuliert ist: »Hu (der Ausspruch als Aspekt des Sonnengottes) ist in deinem Mund, Sia (der Gedanke, ebenfalls als Aspekt des Sonnengottes) [ist in deinem Herzen,] . . ., die Götter haben dich erschaffen, sie haben veranlaßt, daß du ihre Tempel gründest . . . Du hast Ober- und Unterägypten vereinigt, ›Dein Verstand ist umfassend‹ auf dem Thron des Horus der Lebenden . . . Re setzte dich als seine Prozessionsstatue ein . . .«

Die Könige der 17. Dynastie, die nur über Oberägypten herrschten, haben meines Erachtens nie die Oberherrschaft der in Unterägypten residierenden Hyksos anerkannt, wenn sie diese auch hinnehmen mußten. Der neuen Königsideologie, faßbar in der oben zitierten Definition des Rahotep, fügte spätestens der letzte König der 17. Dynastie, Kamose, die geographische Komponente hinzu.

Dieses kommt zum Ausdruck auf einer Stele in Theben, in der eine Rede des Königs an seine Beamten verewigt ist: »Wozu bin ich mir denn meiner militärischen Stärke bewußt, (wenn) ein Großer in Auaris ist und ein anderer in Kusch; ich sitze (tatenlos da) und bin mit einem Asiaten und einem Nubier vereinigt, jeder hat seinen Anteil an Ägypten und teilt das Land mit mir . . . mein Verstand will Ägypten nehmen und die Asiaten schlagen . . . das ganze Land soll mich (bejubeln), den Herrscher im Inneren Thebens, Kamose, den Beschützer Ägyptens.«

Auf der Grundlage dieses Programms, das allerdings in dieser Form erst nachträglich auf einer Stele festgehalten wurde, begann Kamose mit der Zerschlagung des Hyksos-Reiches im Norden und des Reiches von Kusch im Süden. Die beiden Nachfolger des Kamose, Ahmose und Amenophis I., setzten diese Politik fort. Unter Thutmosis I., dem Nachfolger Amenophis' I., wird der Weltreichsgedanke erstmals faßbar, nimmt also der Aufstieg Ägyptens zur Weltmacht seinen Anfang. Die Anbindung des Königs an den Sonnengott in dessen besonderen Formen »Re« und »Amun-Re« wird erweitert und der Bildgedanke, in der Vorstellung von der Prozessionsstatue angelegt, ausgebaut. Entscheidend aber dürfte sein, daß die Qualität des Königs als Heerführer ideologisch gefaßt wird: »(militärisch) stark ist Horus, der Herrscher beider Länder«; er ist »der starke Stier«, womit meines Erachtens nicht seine Fruchtbarkeit, sondern seine Kampfstärke gemeint ist.

Der Weltherrschaftsgedanke in der speziellen Ausprägung der frühen 18. Dynastie bestimmte unter Thutmosis I. nicht nur seine detailliertere Verknüpfung mit dem Sonnengott, sondern auch die geographisch-politische Ordnung der Welt. Thutmosis I. wird als »Sohn des Amun« und als »Hieroglyphe des Amun« mit dem im Karnak-Tempel in Theben residierenden Gott Amun-Re gedanklich verbunden. Das ägyptische Wort ›tit‹ hat die Grundbedeutung »Zeichen«, beschreibt aber daneben nicht nur »Schriftzeichen« im engeren Sinne, sondern auch »Geplantes«, das »im Denkprozeß des Herzens gemacht« wird. Der König als »Hieroglyphe des Amun« kann demnach als ein von diesem Gott gewollter und erdachter König interpretiert werden, der auf der Erde als Sonnengott handelt. Auf dieser Grundlage hatte die Weltreichsbildung Thutmosis' I. den Zweck, »die Grenzen Thebens zu erweitern . . ., damit ihm (Theben) die Sandbewohner (= die Nomaden) zinsen, die Fremdlandbewohner, die Gott verabscheut, die Haunebut (im Norden) . . .«. Hier wird Theben als Zentrum der Welt deklariert, dem alle Völker tributpflichtig sind, und der König hat diesen Zustand militärisch herzustellen. Amun-Re wird als Herr von Theben damit zum göttlichen Weltherrscher, und sein Beauftragter ist der König. Konsequenterweise errichtete Thutmosis I. einen neuen großen Tempel für Amun in Karnak, womit der Gott zum direkten Nutznießer der Errichtung des Weltreiches wurde.

Die Umstände der Thronbesteigung Thutmosis' I., der nicht königlicher Herkunft war, lassen schon ansatzweise eine folgenschwere, im späteren Neuen Reich offen zutage tretende Abhängigkeit des Königsamtes vom Reichsgott Amun-Re in Karnak erkennen. Aus seiner Siegesstele vom Jahr 2 in Nubien anläßlich des Feldzuges gegen das Reich von Kusch ergibt sich, daß die Regierungszeit Thutmosis' I. mit seiner »Einführung« (gemeint ist hier die feierliche Einführung bei Amun) begann. Diese Zeremonie, die der Krönung vorausgeht, zeigt an, daß der designierte König durch den Reichsgott Amun-Re akzeptiert werden mußte, eine bereits zu diesem Zeitpunkt wesentliche Legitimationsgrundlage für jeden König.

Die Politik der Tochter Thutmosis' I., Hatschepsut, kann aus meiner Sicht der Dinge nur als gegen das Weltreich gerichtet ausgelegt werden, da sie die Zielsetzungen ihrer direkten Vorgänger nicht übernahm. So gesehen fügte sie der ideologischen Grundlage des ägyptischen Staates schweren Schaden zu. Ihre Behauptung, ihr habe Re das wahre, der Weltordnung entsprechende Königtum gegeben, ist zwar politisch als Stoßrichtung gegen das nominell bestehende Königtum Thutmosis' III. zu begreifen, aber die Folge war, daß zwei formal gleichberechtigte Könige herrschten. Der ägyptische König war aber in seiner Konzeption ein Alleinherrscher und als Bild des Sonnengottes »konkurrenzlos«. Jetzt gab es plötzlich zwei konkurrierende Bilder des Sonnengottes: Hatschepsut und Thutmosis III. Diese Situation ist nicht zu vergleichen mit den sog. Koregentschaften, die für das Mittlere und Neue Reich in der Diskussion sind.

Die Maat, die Weltordnung, war also durch das Vorgehen der Hatschepsut nachhaltig geschädigt, und ich vermute, daß die Probleme, die Ägypten in den folgenden Jahrhunderten mit dem Definieren des Begriffes »Weltordnung« und dadurch auch mit dem ganzen Bereich des Königtums hatte, hier ihren Ausgangspunkt genommen haben. Die Schwere der Situation ist deutlich an der Tatsache abzulesen, daß Hatschepsut sich nachträglich als von Amun-Re erwählt proklamieren ließ, obwohl offiziell schon Thutmosis III. an der Herrschaft war. Dieses stellt nach meinem Verständnis einen klaren Verstoß gegen die Weltordnung dar, der nicht hätte geschehen dürfen.

Nach dem Tode der Hatschepsut wurde der Schaden zwar äußerlich behoben – jetzt ließ auch Thutmosis III. Berichte über seine Erwählung durch Amun-Re verfassen –, auch war jetzt die Einheit des königlichen Amtes wiederhergestellt, aber der Bruch in der Auffassung von der Maat war nicht mehr zu beheben.

Thutmosis III., der das von seinem Großvater geschaffene Weltreich zumindest in Vorderasien neu erringen mußte, nahm an der Königsideologie eine Erweiterung vor, die speziell die Rolle des Königs als Heerführer zum Gegenstand hatte. Es war zwar so, daß die ägyptische Königsideologie zu allen Zeiten als einzigen Heerführer den König gekannt hatte, auch wenn dieser wohl nur selten die Feldzüge persönlich leitete. Die Betonung der Heerführerschaft des Königs bereits unter Thutmosis I. weist darauf hin, daß der König sich nun selbst als Militär betrachtete. Thutmosis III. ging aber noch einen Schritt weiter: Er ließ als Bericht über seine zahlreichen Feldzüge nach Vorderasien einen Text im Tempel des Amun-Re in Karnak anbringen, der wesentliche Teile eines Kriegstagebuches in überarbeiteter Fassung enthält. Der Bericht beschreibt die – natürlich entscheidende – persönliche Mitwirkung des Königs an den einzelnen Operationen der Feldzüge, d. h. nicht nur an den Beratungen, sondern auch an den Kampfhandlungen.

Hier erscheint der König meines Erachtens als der »roi connétable«, der König als Feldherr, eine Qualität, die ihn vergleichbar macht mit Friedrich dem Großen. Auch sein Nachfolger Amenophis II. repräsentiert diesen Typus. In »letztmaliger« Erweiterung der Königsideologie während des Aufstiegs Ägyptens zur Weltmacht verkörpert Amenophis II. im besonderen noch den Typ des »sportlichen Königs«, der an persönlicher Kraft und an kampfsportlichen Leistungen seinem ganzen Heer überlegen war. Im Text seiner großen Sphinx-Stele heißt es daher:

»Keiner davon (= von seinem Heer) konnte seinen (= Amenophis' II.) Bogen spannen, und man konnte ihn nicht im Wettlauf erreichen. Stark waren seine Arme, ohne daß er ermüdete, sobald er das Ruder ergriff und am Heck seines Schiffes ruderte . . .«. Dieser Aspekt des Königtums der 18. Dynastie ist natürlich ebenfalls schon in der ägyptischen Königsideologie angelegt gewesen, wurde jedoch zum ersten Mal textlich und bildlich unter Amenophis II. in dieser Form ausgeprägt.

Abb. 3 Blick über die Nekropole von Theben-West zum Ostufer mit Luxor und Karnak ▷

Staatsaufbau und Verwaltung im frühen Neuen Reich
Das ägyptische Weltreich nahm seinen territorialen Ausgang von Oberägypten, genauer gesagt von Theben. In nicht einmal hundert Jahren dehnte es sich auf ungefähr das Fünffache seines ursprünglichen oberägyptischen Bestandes aus: Nach einer ersten Phase der Ausdehnung durch die Vernichtung des Hyksosreiches und die Zurückdrängung des Reiches von Kusch erstreckte sich Ägypten von Südpalästina im Norden bis fast an den 3. Nilkatarakt im Süden; nach einer zweiten Phase der Grenzerweiterung unter Thutmosis I. vom oberen Euphrat in Nordsyrien bis nördlich des 5. Nilkatarakts tief im heutigen Sudan.

Jeder territorialen Ausdehnungsbewegung entsprach meines Erachtens eine Erweiterung der Königsideologie. Ebenso mußten Staatsaufbau und Verwaltungsstruktur dieses Riesenreiches dem jeweiligen Ausdehnungsstand und den dabei zutage tretenden politischen Verhältnissen angepaßt werden. Denn es versteht sich von selbst, daß die Behördenstruktur der 17. Dynastie in Oberägypten, die aus der Administration des Mittleren Reiches hervorgegangen war, den Anforderungen des Weltreiches nicht mehr entsprechen konnte. Dabei traten gravierende Unterschiede zwischen den alten ägyptischen Kerngebieten vom Delta bis in das südliche Oberägypten auf der einen Seite und den »Kolonialgebieten« in Vorderasien und in Nubien auf der anderen Seite zutage.

Während das ägyptische Kernland sich nur zögernd mit Hilfe von Verwaltungsreformen auf die Anforderungen des neuen Weltreiches einstellte, mußten für die auswärtigen Gebiete Verwaltungsstrukturen gefunden werden, die ihnen angemessen waren. In Palästina und Syrien ging man den einfachsten Weg, der sich aber auch als am wenigsten stabil erweisen sollte. Das Geflecht von Stadtstaaten mit ihren einheimischen Fürsten wurde im Prinzip belassen, d.h. die dortigen Fürsten wurden Vasallen des ägyptischen Königs, und man richtete Garnisonen zur Stützung der ägyptischen Herrschaft ein. Das hatte den Vorteil, daß besondere Verwaltungen nicht erst aufgebaut zu werden brauchten. Aber es begünstigte immer die Gefahr, daß beim ersten Anzeichen von Schwäche seitens der ägyptischen Herrschaft die Stadtfürsten Palästinas und Syriens Anlehnung an eine andere vorderasiatische Großmacht suchten, und dies geschah im 15. Jahrhundert v.Chr. mit dem Staat der Mitanni. Während unter Ahmose und Amenophis I. und mehr noch unter Thutmosis I. und Thutmosis II. die Vasallenstruktur der ägyptischen Gebiete in Vorderasien mehr oder minder unproblematisch war, mußte die ägyptische Herrschaft nach und nach zusammenbrechen, als Hatschepsut die vorderasiatischen Besitzungen vernachlässigte. Dieser labile Zustand änderte sich dann während des ganzen Neuen Reiches nicht mehr.

Andersgeartet war die Lösung, die man im nubischen Gebiet fand. Als Kamose in Verfolgung seines Programms der »Wiedervereinigung Ägyptens« Unternubien eroberte, d. h. das Gebiet zwischen dem 1. und 2. Katarakt, wurden zunächst einmal die einheimischen Behörden beseitigt, die zu einem großen Teil noch nach dem Muster der alten ägyptischen Verwaltung funktionierten, die im Mittleren Reich eingesetzt worden war. Als »Befreiung« scheint man dort den ägyptischen Einmarsch nicht empfunden zu haben. In der Hauptstadt Unternubiens, Buhen, wurde jetzt ein ägyptischer Distriktverwalter eingesetzt. Ahmose seinerseits ernannte dann einen gewissen Turi zum Kommandanten von Buhen und »Vizekönig«, dem das nubische Gebiet zwischen dem 1. und 2. Katarakt unterstand. Als Thutmosis I. den den Süden betreffenden Teil des Programms des Kamose mit der Eroberung des Fürstentums Kusch abschloß, wurden dort – vielleicht nach dem Vorbild der Organisation der vorderasiatischen Besitzungen – Vasallenfürstentümer eingerichtet. Die Labilität einer solchen Struktur zeigte sich bereits unter seinem Nachfolger Thutmosis II., der nach einem Aufstandsversuch die Vasallenfürstentümer wieder beseitigen mußte. Auch das Gebiet südlich des 2. Katarakts wurde jetzt nach und nach unter direkte ägyptische Verwaltung genommen. Diese Provinzialverwaltung in Form eines Vizekönigtums gewann im Laufe des Neuen Reiches großen Einfluß; das Amt des Vizekönigs war das mächtigste Staatsamt neben dem Wesirat, war aber unabhängig von diesem: Der Vizekönig war allein dem König unterstellt. Bereits Thutmosis III. ließ den »Königssohn und Vorsteher der südlichen Fremdländer«, wie der offizielle Titel des Vizekönigs zu dieser Zeit lautete, sogar den südlichen Teil Ägyptens bis in die Höhe von Elkab verwalten, womit der Großteil des Goldabbaus in der Ostwüste einer einzigen Behörde unterstellt wurde. Die Vizekönige waren sich ihrer außerordentlichen Stellung und Machtfülle bewußt; Selbstsicherheit spricht aus ihren Inschriften. Nehi, einer der Vizekönige Thutmosis' III., sagt beispielsweise von sich und seinen Aufgaben: »Ich bin ein Diener, der wahrhaft nützlich ist für seinen Herrn, der sein Haus mit Gold füllt, der das Gesicht seines Horus (= des Königs) erhellt mit den Abgaben der südlichen Fremdländer, ...«.

Die Landesverwaltung in Ägypten

Die Landesverwaltung des ägyptischen Kerngebietes vom Delta bis nach Assuan (bzw. seit Thutmosis III. nur noch bis Elkab) unterschied sich jetzt grundlegend von der alten Verwaltung des Mittleren Reiches. Zwar existierten die Stadtbezirke unter den Bezirksvorstehern bzw. Bürgermeistern weiter, auch gab es wieder einen Wesir; aber das Wesirat hat nie wieder die politische Macht errungen, die es am Ende des Mittleren Reiches und unmittelbar danach besaß, als die Wesire mächtiger als die kurzlebigen Könige der 13. Dynastie waren. Eine zweite Eigentümlichkeit stellt der stetig wachsende Grundbesitz der Tempel dar, von denen insbesondere der Amun-Tempel von Karnak zu einem das ganze Land überziehenden Organismus wurde.

Das Fundament des Staates bildeten im frühen Neuen Reich der Herrscher und seine Landesverwaltung mit dem Wesir, später zwei Wesiren an der Spitze. Daneben gewannen einerseits die immer mächtiger werdende Tempelverwaltung – dies gilt vor allem für die mittlere und späte 18. Dynastie – und andererseits das Militär mit eigenem Verwaltungsapparat an Einfluß. Während die größte Tempelverwaltung die des Gottes Amun-Re in Theben mit einem Hohenpriester an der Spitze war, lag das Zentrum des Militärs im Gebiet von Memphis. Hier war die Elitetruppe der ägyptischen Armee, das Streitwagencorps, stationiert.

In Memphis entstand so das zweite Zentrum des ägyptischen Reiches, das den Vorteil hatte, den vorderasiatischen Besitzungen näher zu liegen als das ferne Theben. Thutmosis III., der die unter Hatschepsut verlorengegangenen Besitzungen in Palästina und Syrien zurückerobern wollte, verlegte daher den Regierungssitz von Theben nach Memphis, ohne daß Theben jedoch seinen Status als religiöses Zentrum der ägyptischen Welt aufgeben mußte. Da der ägyptische Staat aber nach seinem Selbstverständnis vom Kontakt mit den Göttern lebte, den der König als erster Priester aller Götter aufrechtzuerhalten hatte, entwickelte sich in Memphis ein besonderer Götterkult, der des großen Sphinx. Dieses alte Bild des Pyramidenerbauers Chefren aus der 4. Dynastie, das unter dem Namen »Horus im Horizont (= Harmachis)« als eines der vielen Bilder des Sonnengottes interpretiert wurde, setzte man nun in enge Verbindung mit der regierenden Dynastie der Thutmosiden. Bereits im Jahr 4 Thutmosis' I. errichtete dort ein »ältester Königssohn und Generalissimus« Amenmose eine kleine Kapelle. Thutmosis IV. ließ sich dann nicht mehr nur von Amun-Re von Karnak, sondern auch von Harmachis zum König erwählen. Auf einer Stele, die er beim Sphinx aufstellen ließ, schildert er, wie ihm Harmachis im Traum erschienen sei und die Herrschaft verheißen habe. Mit Memphis/Giza und Karnak waren zwei kultische Schwerpunkte im Reich entstanden. Natürlich wurden darüber hinaus in jeder größeren ägyptischen Stadt eine oder mehrere Gottheiten verehrt, doch ergibt sich deutlich eine Hierarchisierung von Kultorten. Mir scheint dahinter eine bewußte, zu dieser Zeit von oben durchgeführte Gliederung des Landes nach kultischen Gesichtspunkten zu stehen. Ziel einer solchen kultischen Durchdringung ist die Herstellung eines Geflechtes von Kultorten, die in ihrer Verteilung über das Land, mit jeweils besonderen territorialen Anbindungen, die Kontaktpflege des Königs mit der Götterwelt für ganz Ägypten sichern sollten. Das Gegensatzpaar Amun-Re von Karnak und Harmachis von Giza ergab sich aus der oben genannten Teilung von Regierungssitz und Weltzentrum. Daneben stand ein weiteres Gegensatzpaar: Re bzw. Re-Harachte von Heliopolis und Amun-Re von Karnak; beide sind Formen des Sonnengottes und wurden in unterschiedlicher Weise mit dem König verbunden, der z. B. als »Sohn des Amun« und »Erschaffen von Re« bezeichnet werden konnte. Es bot sich eine Art territorialer Aufgliederung des Landes zwischen beiden an: Re-Harachte von Heliopolis wurde immer mehr für den Norden zuständig, Amun-Re von Karnak für den Süden. Dabei ist allerdings keine genaue territoriale Abgrenzung vorgenommen worden.

Diesem Prinzip der Zuweisung territorialer Zuständigkeiten entsprach es, daß Thutmosis III., nachdem er die Einbeziehung der Gebiete des alten Fürstentums Kusch im Süden, die schon sein Großvater, Thutmosis I., vorgenommen hatte, wieder aktualisierte, am Gebel Barkal in der Nähe des 4. Kataraktes einen Tempel des Amun errichtete, »(am) Heiligen Berg, den man ›Throne der beiden Länder‹ nannte«. »Throne der beiden Länder« ist auch eine umschreibende Bezeichnung für Karnak, den Hauptkultort des Amun-Re.

Es wurde also im südlichen Teil des ägyptischen Weltreiches ein zweites Karnak errichtet, in dem eine Form des Amun-Re göttliche Kommunikationsinstanz des Königs wurde. Neben diesen Gottheiten ist noch der alte Schöpfergott Ptah von Memphis zu nennen, der in der späteren, ramessidischen Zeit mit Re von Heliopolis und Amun-Re von Karnak die Reichstriade bilden sollte.

Das Hauptproblem der ägyptischen Innenpolitik zur Zeit

Abb. 4 Karnak, Tempel des Amun-Re; Krönungsszene auf dem Pyramidion des Hatschepsut-Obelisken am Heiligen See

der Thutmosiden bestand darin, wie man den Anforderungen, die das neuerrichtete Weltreich an den Staat stellte, gerecht werden sollte. Nachdem Thutmosis I., gestützt auf die Erfolge seiner Vorgänger, dieses ja noch unfertige Weltreich geschaffen hatte, mußte es durch eine entsprechende innere Strukturierung lebensfähig gemacht werden. Nachdem Hatschepsut das Weltreich vorübergehend zum Wanken gebracht hatte, stellte Thutmosis III. es nicht nur in seiner äußeren Form – wenn auch letztlich mit zurückgenommener Nordgrenze – wieder her, sondern er gab diesem Weltreich auch eine Organisationsform, die unter seinen Nachfolgern Bestand haben sollte. Die drei wichtigsten Neuerungen, die Thutmosis III. durchführte, waren folgende:

– Theben blieb zwar Weltzentrum, aber die Hauptstadt wurde – wie oben erläutert – nach Memphis verlegt, das bisher nur Nebenresidenz war, wo allerdings das Hauptquartier des Heeres lag.
– Das Wesirat, also die zentrale Verwaltungsbehörde mit Sitz in Theben, die seit Thutmosis I. wieder deutlich in Erscheinung tritt, wurde zweigeteilt in ein oberägyptisches Wesirat (weiterhin mit Sitz in Theben) und ein unterägyptisches Wesirat mit Sitz in Memphis.
– Es wurde eine zentrale Getreideverwaltung eingerichtet, die die gesamte Getreideproduktion des Weltreiches aktenmäßig zu erfassen, zu kontrollieren und zu verteilen hatte.

Durch diese Maßnahmen wurde nicht nur die Verwaltung gestrafft, sondern auch die notwendigen logistischen Voraussetzungen für die Feldzüge Thutmosis' III. in Vorderasien geschaffen. Die Anpassung der Staatsstruktur an die Erfordernisse des Weltreiches ist hier unübersehbar.

Die Hauptmerkmale der staatlichen und administrativen Gliederung Ägyptens nach der Staats- und Verwaltungsreform Thutmosis' III. lassen sich wie folgt darstellen:

A. An administrativen Ebenen können unterschieden werden: die Staatsspitze (= der König), die obersten Zentralbehörden, die nachgeordneten Zentralbehörden, die obersten Lokalbehörden und die nachgeordneten Lokalbehörden. Die administrative Aufgliederung des Staates läßt sich nach drei sachlich abzugrenzenden Komponenten vornehmen: Landesverwaltung, Tempel/Tempelverwaltung und Militär/Militärverwaltung. Eine personelle Abgrenzung läßt sich allerdings nicht vornehmen, da in allen Bereichen gleichermaßen Beamte tätig waren.

B. Ägypten war in 4 »Provinzen« gegliedert, deren Leiter als oberste Zentralbehörden unmittelbar dem König unterstellt waren:
   – Das Vizekönigtum Kusch, das den gesamten nubischen Raum und (seit Thutmosis III.) auch das südliche Oberägypten bis zur Höhe von Elkab umfaßte. Dem Vizekönig von Kusch waren für die Landesverwaltung zwei Stellvertreter nachgeordnet, der Stellvertreter des Vizekönigs in Wawat, d. h. Unternubien zwischen dem 1. und 2. Katarakt, und der Stellvertreter des Vizekönigs in Kusch für das Gebiet südlich davon.

Abb. 5 Giza, »Traumstele« Thutmosis' IV. zwischen den Vordertatzen des Großen Sphinx

- Der territoriale Zuständigkeitsbereich des Wesirs von Oberägypten (von der Höhe Elkab im Süden bis nach Mittelägypten). Ihm unterstanden als wichtigste nachgeordnete Zentralbehörden das Schatzhaus von Oberägypten unter einem Schatzhausvorsteher und die zentrale Viehverwaltung unter einem Rindervorsteher.
- Der Zuständigkeitsbereich des Wesirs von Unterägypten (von Mittelägypten bis zu den Grenzen des Deltas) mit den entsprechenden nachgeordneten Zentralbehörden.
- Palästina und Syrien: In den vorderasiatischen Besitzungen Ägyptens gab es keinen Provinzgouverneur wie den Vizekönig von Kusch, sondern nur mit den Stellvertretern des Vizekönigs von Kusch rangmäßig vergleichbare Aufsichtsbeamte: drei »Vorsteher der nördlichen Fremdländer« für je eine »Teilprovinz«. In der akkadischen Korrespondenz der Amarnazeit heißen sie »rabiṣu«. Diese Kommissare waren ohne Zwischeninstanz direkt dem König unterstellt. Sie hatten insbesondere die Stadtfürsten zu beaufsichtigen, die zwar durch einen besonderen Treueeid direkt an den König gebunden waren, denen gegenüber die Kommissare jedoch Weisungsrecht hatten.

C. Getrennt von den territorial-administrativen obersten Zentralbehörden bestand die zentrale Getreideverwaltung unter einem »Vorsteher der Scheunen von Ober- und Unterägypten«.

D. Das Militär hatte, wie bereits gesagt, sein Hauptquartier in Memphis.

E. Im Tempelbereich kann man die obersten Leiter der Tempel, die Hohenpriester, auch als oberste Zentralbehörden ansehen, zumindest soweit es sich um die großen Tempel des Amun von Karnak, des Re von Heliopolis und auch des Ptah von Memphis handelt, weil sie zum einen als direkte Vertreter des Königs fungierten, zum anderen der ihnen unterstehende Tempelbesitz sich über das gesamte Reich erstreckte. Sie standen der Priesterschaft und den einzelnen Tempelverwaltungen vor, die aber zudem den jeweiligen Wesir als Vorgesetzten hatten und die, soweit es sich um örtliche Büros handelte, als nachgeordnete Lokalbehörden wiederum vom jeweiligen Bürgermeister abhingen. Die Hohenpriester waren meist höhere Beamte, die vom König in dieses Amt eingesetzt wurden.

F. Die Versorgung der Haushalte des Königs und der Angehörigen der königlichen Familie erfolgte ebenso wie auch die Bezahlung der Verwaltungsbehörden und der Tempel aus den Erträgen landwirtschaftlicher Besitztümer, die den einzelnen Institutionen zugeteilt waren. Diese unterstanden normalerweise der zentralen Aufsicht von »Vermögensverwaltern«. Außerdem gab es rangniedrigere Vorsteher der einzelnen königlichen Besitztümer.

Wie wirkte sich diese territorial-administrative Gliederung des Staates im Geschäftsbereich einzelner Beamter aus? Als Beispiel soll die Person des Sennefer dienen, dessen Sargkammer ja in der Ausstellung zu sehen ist. Er war Bürgermeister von Theben. In dieser Funktion war er in ein kompliziertes Geflecht administrativer Zuständigkeiten eingebunden. Er war als Bürgermeister des Weltzentrums Theben nicht nur dem oberägyptischen Wesir aufgrund territorialer Zuständigkeiten unterstellt, sondern stand auch in Verbindung mit den übrigen obersten und nachgeordneten Zentralbehörden, namentlich dem »Vorsteher der Scheunen von Ober- und Unterägypten«, dem Rindervorsteher und dem »Vorsteher des Schatzhauses« von Oberägypten. Wenn man berücksichtigt, daß speziell das Schatzhaus nicht nur die steuerliche Veranlagung durchzuführen hatte, sondern auch Sammelstelle der Landesprodukte mit Ausnahme von Getreide und der aus Nubien und aus Vorderasien eingehenden Tribute war, dann wird deutlich, daß ein ägyptischer Bürgermeister durch das Prinzip der konkurrierenden Zuständigkeiten, das in der ägyptischen Verwaltung herrschte, ein schwieriges Amt zu versehen hatte. Das Schatzhaus war weiterhin zuständig für Tempelbauten und Arbeiten in der Nekropole sowie für die Herrichtung des königlichen Begräbnisses. Das erklärt eine Reihe wichtiger Zuständigkeiten speziell des thebanischen Bürgermeisters und damit des Sennefer, die unten (vgl. S. 32f.) näher zu erläutern sein werden.

Die Beamten des frühen Neuen Reiches

Grundlage der Zusammensetzung der ägyptischen Beamtenschaft bildete im frühen Neuen Reich wie auch zu allen anderen Zeiten letztlich die Berufung durch den König. Natürlich wird der König dieses Recht in hohem Maße, besonders die unteren Beamtenschichten betreffend, delegiert haben. Wir dürfen uns allerdings nicht von den Berichten der Beamten selbst täuschen lassen, die natürlich, wenn sie ihren Staatsdienst schildern, diesen als direkten Dienst für den König darstellen. Die Berufung der Leiter der obersten und der nachgeordneten Zentralbehörden wird jedoch nicht ohne Mitwirkung des Königs vonstatten gegangen sein, wie man besonders deutlich in der Zeit Thutmosis' III. und Amenophis' II. erkennen kann. »Königliche Gunst«, so sehr diese auch im Einzelfall sachlich begründet gewesen sein mag, entschied also letztlich über die Besetzung zumindest der obersten und oberen Beamtenränge.

Einschneidend für die Beamtenschaft des frühen Weltreiches war aber nicht diese typisch ägyptische Grundlage ihrer Existenz, sondern die Herausbildung eines eigenen Militärstandes mit besonders engem Verhältnis zum König, bedingt durch die Kriegszüge. Man fühlte sich als »Gefolgsmann seines Herrn«, wie eine oft wiederholte Selbstbezeichnung von Beamten der frühen 18. Dynastie lautet. Dabei spielte die jetzt langsam an Bedeutung gewinnende Gruppe der Offiziere, Militärbeamten und Beamten mit militärischem Sonderauftrag naturgemäß eine besondere Rolle. Sie fühlten sich dem König verpflichtet und damit auch dem Weltreich. Zudem ist für mehrere Prinzen dieser Zeit eine militärische Ausbildung nachzuweisen; einer tat z. B. als »Großer Vorsteher des Heeres seines Vaters« (also als »Generalissimus«) Dienst.

Man kann, allerdings in schematischer und damit vereinfachter Einteilung, die nichtmilitärischen Beamten sowie die Priester, die ja auch zu den Beamten gehörten, als traditionsbewußte, auf Ägypten im Sinne des Mittleren Reiches ausgerichtete Parteiung ansehen und die obersten Militärränge und die anderen Gefolgsleute der Könige auf den Feldzügen als eine antitraditionalistische Parteiung. Das hing unter anderem damit zusammen, daß Militärs und Militärbeamte sich mehr und mehr sozial von der übrigen Beamtenschaft absonderten und eine Schicht mit eigenen Wertvorstellungen zu bilden begannen.

Voller Stolz blicken die Angehörigen dieser Schicht auf ihre gemeinsamen Erlebnisse mit dem Herrscher zurück; so berichtet Tjanuni, Vorsteher der Heeresschreiber und damit verantwortlich für das Führen der Kriegstagebücher Thutmosis' III.:

»Ich begleitete den guten Gott, Herrscher der Weltordnung, König von Ober- und Unterägypten Thutmosis III., ...; ich sah die Siege des Königs, die er über alle Fremdländer errang. Er brachte die Großen von Djahi als Gefangene nach Ägypten, er eroberte alle ihre Ortschaften und hackte ihre Bäume ab. Es gab kein Fremdland, das vor ihm standhalten konnte! Ich aber war es, der diese Siege verewigte, die er über jedes Fremdland errungen hatte – schriftlich festgehalten, wie sie vollbracht wurden!«

In der nichtmilitärischen Beamtenschaft, und zu der gehörte ja auch Sennefer, ist zudem beim Wechsel von Thutmosis III. zu seinem Sohn Amenophis II. ein Bruch festzustellen. Unter Thutmosis III. wurden die hohen Verwaltungs- und Tempelpositionen zu einem erheblichen Teil noch mit Angehörigen altgedienter Beamtenfamilien besetzt. Das änderte sich mit Amenophis II. insofern, als er bei seinem Regierungsantritt in hohem Maße auf seine Jugendgefährten aus der memphitischen, militärisch geprägten Zeit zurückgriff (s. S. 27).

Das besondere Treueverhältnis, das vor allem die Beamten Thutmosis' III. kennzeichnet, spiegelt sich in vielen Grabinschriften wider. Die erprobten Mitstreiter wurden nicht müde, ihre Erlebnisse auf den syrischen Feldzügen zu schildern; ihre Bewunderung der Taten des Königs kommt z. B. beim Truchseß Minmose klar zum Ausdruck, wenn er berichtet:

»Diese Fremdländer aber, von denen ich gesprochen habe, die eroberte mein Herr mit seiner Kraft, mit seinem Bogen, mit seinem Pfeil und mit seiner Streitaxt. Ich weiß das, denn ich habe sie verwaltet, als sie (= die Länder) dem Schatzhaus unterstellt waren. Ich sah die Festigkeit des Armes Seiner Majestät, als sie im Kampf geschah bei der Eroberung von 30 Städten im Bezirk von Techsi: Erbeutet wurden ihre Häuptlinge, ihre Bewohner, ihre Herden. Ich aber leitete das tapfere Heer des Königs, indem ich Truchseß war des Königs als einer, der seine Befehle ausführt.«

Die Situation vor Regierungsantritt Amenophis' II. mag ein Blick auf die Familie des bekannten Wesirs Rechmire (Thebanisches Grab Nr. 100) verdeutlichen: Der Großvater des Rechmire, Ahmose, war Wesir unter Thutmosis I.; er amtierte noch unter dessen Sohn Thutmosis II. und in den ersten Jahren des noch minderjährigen Thutmosis III. Im Jahr 5 dieses Königs, also unter der Regentschaft der Hatschepsut, löste ihn sein Sohn Useramun, kurz User genannt, ab. Er war schon vorher als Helfer seines Vaters tätig gewesen und wurde aufgrund seiner Erfahrungen in das Wesiramt berufen; er amtierte bis mindestens in das Jahr 28 Thutmosis' III., d. h. er überlebte im Amt den Wechsel von der Herrschaft der Hatschepsut zur Alleinherrschaft Thutmosis' III. in dessen Jahr 22. Nach Users Tode wurde sein Neffe Rechmire unter Bezugnahme auf das Wesirat seines Großvaters Ahmose Wesir – möglicherweise nur für Oberägypten, wenn Thutmosis III. zu diesem Zeitpunkt die Teilung des Wesirats

Abb. 6 Theben-West, Grab des Rechmire; Rechmire in der Amtstracht des Wesirs

bereits durchgeführt hatte. Nach dem Tode Thutmosis' III. begab sich Amenophis II. von Memphis nach Theben. Wohl bei dieser Gelegenheit zog ihm Rechmire bis nach Mittelägypten, in den Nordbereich seines Amtsbezirks, entgegen; wann seine Amtszeit endete, ist unklar. Der König ernannte dann zum neuen Wesir von Oberägypten den Sohn seines Erziehers Ahmose-Humay, Amenemope, den Bruder des Sennefer. Mit dieser Folge von drei Wesiren – Ahmose, User und Rechmire – aus einer Familie haben wir so etwas wie eine »Ministerdynastie« vor uns. Aus dem Grab des User ist eine hochinteressante, sehr aufschlußreiche Inschrift überliefert, die seine Berufung in das Wesiramt schildert. Ob sich allerdings dieser Vorgang tatsächlich so abspielte, ist eher zu bezweifeln, jedenfalls ist er nachträglich in eine bestimmte literarische Form gefaßt aufgezeichnet worden. Da heißt es:
»Es geschah aber eine Sitzung des Königs in der Thronhalle des Westufers – des Königs von Ober- und Unterägypten Men-cheper-re (Thutmosis III.), der mit Leben beschenkt ist. Herbeigeholt wurden die Beamten, die Höflinge, die Geehrten des Königs, die Edlen, die Kammerherren . . ., um den König zu begrüßen. Da trat auch ein der Wesir, um über die Lage der beiden Länder (= Ägypten) zu beraten, . . .« Der König bemerkt nun, daß der Wesir Ahmose doch schon recht alt und gebeugt ist, und seine Höflinge und Beamten raten ihm: »›Nützlich ist es für deine beiden Länder, daß man den Blick auf einen »Stab des Alters« richte.‹ Da sagte er zu ihnen: ›Ach, sucht mir doch einen passenden Mann aus unter euch, einen Entschlußfreudigen bei Problemen . . .‹«
Nach einem großen Lobgesang der Höflinge auf Klugheit und Tüchtigkeit des Herrschers weisen ihn diese auf den Sohn des Ahmose, User, als passenden »Stab des Alters«, mithin Amtsnachfolger, hin, denn: »›Intelligent, friedfertig, ein guter Charakter, er ist geeignet zum Stab des Alters!‹« Darauf erfolgt die Berufung und öffentliche Proklamation des User als neuer Wesir.
Es ist aber interessant und aufschlußreich, sich die Familie dieser Wesire auch einmal im Zusammenhang anzusehen. Der Vater des Rechmire, Neferuben, sein Onkel und Amtsvorgänger User sowie weitere Familienmitglieder und auch seine eigenen Söhne gehörten, soweit sich das feststellen läßt, zur Priester- und Verwaltungsbeamtenschaft des Amuntempels von Karnak. Rechmire selbst war Vermögensverwalter des Amun und Bauleiter des Amuntempels. Im Jahr 45 Thutmosis' III. wirkte er als Bauleiter des Tempels Thutmosis' III. in Deir el-Bahari, der zwischen dem Totentempel Mentuhoteps II. und dem Totentempel der Hatschepsut liegt. Man kann aus unserer Kenntnis dieser Wesirsfamilie den Schluß ziehen, daß es sich um eine mächtige, traditionsbewußt eingestellte Beamtenfamilie in Theben gehandelt hat. Mit der Familie des Sennefer dagegen gelangten Beamte nach Theben, die sich von Rechmires »Beamtendynastie« grundlegend unterschieden: Sie kamen nicht nur von außerhalb, sondern scheinen auch soziale Aufsteiger gewesen zu sein, denen ein in der Familie überliefertes Beamtenethos im Sinne der Tradition gefehlt haben wird. Sie verdankten ihren Aufstieg persönlichen Beziehungen zum König, die in der gemeinsamen Kindheit und Jugend ihren Ausgang hatten.

Abb. 7a Gebel Barkal, Blick auf das Sandsteinmassiv des Gebel Barkal ▷

Abb. 7b Gebel Barkal, Tempelanlage des Amun ▷

Die Entwicklung der Nekropole von Theben-West

Rolf Gundlach und Mitarbeiter

Das Grab des Sennefer liegt in einem der landschaftlich schönsten Teile der thebanischen Nekropole. Die Ägypter haben sich jedoch bei der Wahl ihres Grabplatzes von ganz anderen Vorstellungen leiten lassen. Ebenso wie jeder Ägypter sein Leben im Sinne der Weltordnung, der Maat, auf den Staat auszurichten hatte, also letztlich auf

Abb. 8 Theben-West, Blick auf das »Horn« von Gurna

Abb. 9 Theben-West, Totentempel Mentuhoteps II. (11. Dyn.) und der Hatschepsut in Deir el-Bahari ▷

den König als die Verkörperung des Staates, war auch für die Zeit nach dem Tode die Nähe zum König entscheidend. Das erklärt einmal die Vorliebe dafür, sich in der Nekropole der Residenz beisetzen zu lassen, und zum anderen, einen Grabplatz in der Nähe der Königsgräber zu wählen. Dabei steht nicht unbedingt die räumliche Nähe zum königlichen Grabbau im Vordergrund der Überlegungen, sondern auch Blickkontakt konnte hier ausreichend sein; denn wenn die Seele des Toten täglich aus dem Grabe heraustrat (um »die Sonne zu sehen«), konnte sie so an der kultischen Versorgung des toten Königs teilnehmen. Im Neuen Reich bestand die kultische Versorgung der toten Könige unter anderem darin, daß diese einbezogen waren in das große Nekropolenfest, das »Schöne Fest vom Wüstental«. Dieses Fest wurde einmal jährlich für den Reichsgott Amun-Re von Karnak durchgeführt, wobei er in einer großen Prozession von Karnak aus über den Nil zum Westteil von Theben zog. Dort suchte der Gott nacheinander die Totentempel der Könige auf und feierte seine Vereinigung bzw. Identifizierung mit ihnen, die dadurch kultisch erneuert wurde. Im Festverlauf wurden auch die in Theben-West bestatteten Privatleute an der Prozession dieses »Talfestes« beteiligt (s. unten).

Aufgrund unseres heutigen Wissensstandes über die Nekropole von Theben lassen sich drei Charakteristika erkennen:

- Der Westteil von Theben war zu einem erheblichen Teil Totenstadt, in der Könige und Privatleute beigesetzt wurden.
- Die Nekropole stand in engem kultischem Kontakt zu Karnak, dem Sitz des Reichsgottes Amun-Re.
- Die kultische Versorgung der toten Könige erfolgte (zumindest seit dem Mittleren Reich) in eigens dafür errichteten Totentempeln an der Fruchtlandgrenze, die, bedenkt man die Lage der Königsgräber des Neuen Reiches im Tal der Könige, räumlich nicht mit den Gräbern der Könige verbunden waren.

Diese drei Merkmale der Nekropole von Theben-West zu Beginn des Neuen Reiches spiegeln eine typische »Hauptstadtsituation« wider. Da Theben aber nicht seit Anfang der ägyptischen Geschichte Hauptstadt war, erhebt sich die Frage, wie die thebanische Nekropole vor dem Neuen Reich beschaffen war und wie sich die genannten Merkmale herausgebildet haben.

Theben gehört zu den ältesten Städten des Pharaonenreiches. Die frühesten Nachrichten über Theben, wenn man von vorgeschichtlichen Funden absieht, verdanken wir einem Zufall: Im Totentempel der Pyramide des Königs Mykerinos aus der 4. Dynastie in Giza wurden Statuengruppen gefunden, die den König zusammen mit der Göttin Hathor und einer Reihe von Gaugottheiten darstellen, unter denen auch der Gaugott von Theben erscheint. Theben war also schon Zentrum des 4. oberägyptischen Gaues, d. h. einer der Provinzen, in die Ägypten damals eingeteilt war. Aus etwa dieser Zeit stammen auch die ältesten Gräber der thebanischen Nekropole. Es handelt sich um Mastaba-Gräber (arab. mastaba »Bank«), die im nördlichsten Bereich von Theben-West, El-Tarif, in der typischen Gestaltung der Beamtengräber jener Zeit errichtet waren. Bei der Lage dieser Gräber fällt auf, daß sie direkt gegenüber von Karnak erbaut wurden, wo später der Tempel des Reichsgottes Amun lag. In dieser Zeit ist zwar von einem Kult des Amun-Re noch nichts zu erkennen, aber die Existenz eines Kultzentrums ist schon für diese Zeit zu vermuten.

Am Ende des Alten Reiches finden wir weiter südlich, in Chocha, kleinere Felsgräber thebanischer Würdenträger, die offensichtlich nicht gegenüber Karnak, sondern gegenüber dem späteren Luxor-Tempel errichtet worden sind. Vermutlich zog sich schon gegen Ende des Alten Reiches zwischen El-Tarif im Norden und Chocha im Süden eine große Nekropole hin, denn eine Gauhauptstadt muß über einen großen Friedhof verfügt haben.

Vor diesem Hintergrund ist der Aufschwung Thebens zur Hauptstadt im 22. Jahrhundert v.Chr. zu sehen. Das ägyptische Staatswesen des Alten Reiches war ein halbes Jahrhundert zuvor zusammengebrochen. Eine Dynastie aus Herakleopolis im nördlichen Mittelägypten, die 9. Dynastie, hatte zum Zwecke der Wiederherstellung der Ordnung die Macht übernommen und bemühte sich um Anerkennung in ganz Ägypten. Einige Jahrzehnte nach dieser Machtübernahme schied der Gaufürst von Theben aus diesem Staatsverband aus, erklärte sich ebenfalls zum König und betrachtete sich als den einzig legitimen Herrscher in Ägypten. Während die 9. Dynastie (gezählt als 10. Dynastie) in Nordägypten weiterregierte, bauten die thebanischen Könige, die 11. Dynastie, ihr Staatswesen aus. Nach außen bestand dieser Ausbau in der schrittweisen Eroberung der Nachbargebiete, nach innen u. a. in der Weiterentwicklung der Stadt Theben. Im nördlichsten Gebiet der thebanischen Nekropole, El-Tarif, legten diese frühen Könige der 11. Dynastie, die alle den Namen Intef führten, ihren Königsfriedhof an. Wurde so die wahrscheinliche Verbindung zwischen der Nekropole und Karnak auch weiterhin aufrechterhalten,

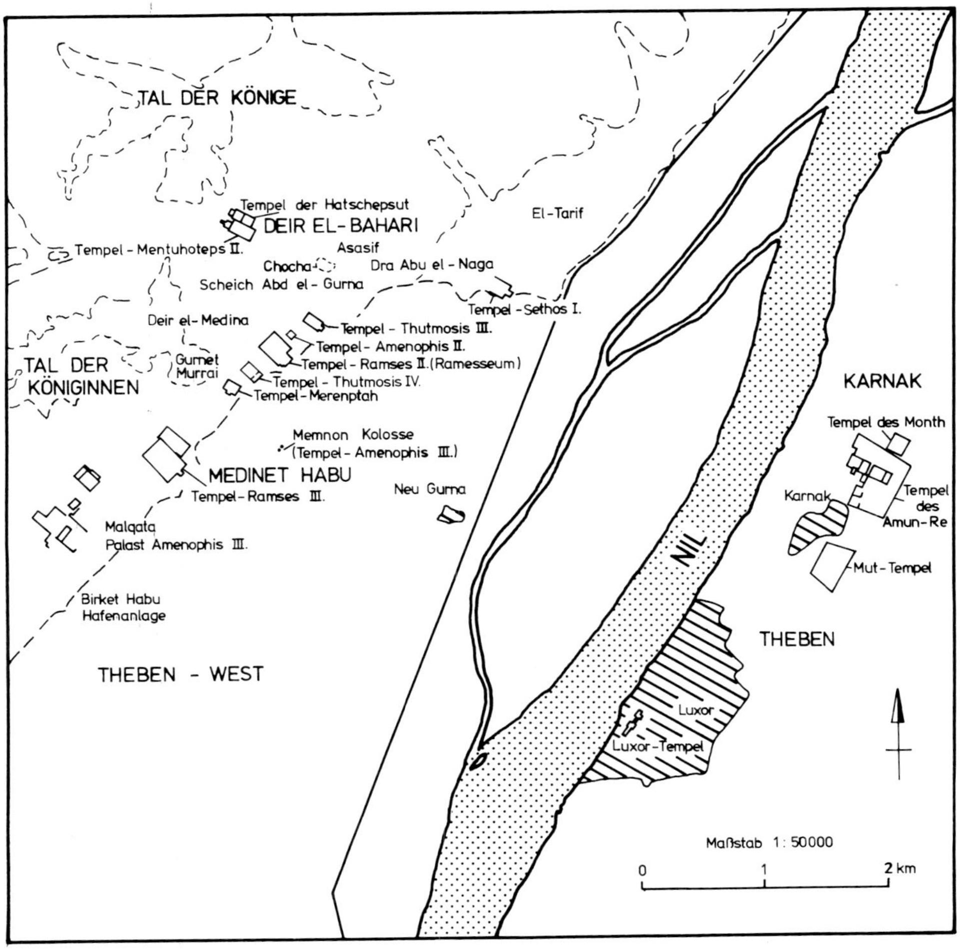

Abb. 10 Das antike Theben

ist gerade diese Verbindung unter Mentuhotep II. (um 2050 v.Chr.), etwa 100 Jahre nach Beginn der 11. Dynastie, auf eine neue Grundlage gestellt worden. Mentuhotep II., der Ägypten durch die Unterwerfung des Nordreiches der 10. Dynastie wieder vereinigte, errichtete sein Grab und seinen Totentempel in Deir el-Bahari, einem Talkessel, der südwestlich von El-Tarif liegt. Deir el-Bahari wurde als kultisches Zentrum, das zunächst mit dem Tempel Mentuhoteps II. verbunden war, als westliche Entsprechung zum Kultort Karnak errichtet und blieb wohl die ganze thebanische Geschichte hindurch einer der wichtigsten Kultorte in der Nekropole von Theben-West. In Karnak erkennt man nun zum ersten Mal mit Sicherheit den Kult des späteren Reichsgottes Amun-Re. Aus dem Totentempel Mentuhoteps II. stammt mit der Darstellung einer Bootsfahrt für Amun, die der König vollzieht, das vermutlich früheste Zeugnis des Talfestes. Beiderseits des Kultweges zum Tempel, in Deir el-Bahari selbst und im ostwärts davon gelegenen Bezirk des Asasif erbauten die hohen Beamten der 11. Dynastie ihre Gräber. In diese Zeit ist auch das früheste Grab auf dem später so beliebten Grabhügel von Schech Abd el-Gurna zu datieren (Thebanisches Grab Nr. 103). In der folgenden 12. Dynastie, der »Hohen Zeit« des Mittleren Reiches (erstes Viertel des 2. Jahrtausends), wird der Friedhof von Schech Abd el-Gurna weiter benutzt, obwohl die Hauptstadt des Reiches wieder in das Gebiet von Memphis in Nordägypten verlegt worden war.

Das Mittlere Reich brach zusammen, als in Nord- und Mittelägypten durch die sog. Hyksos in der Mitte des

17. Jahrhunderts v.Chr. eine Fremdherrschaft errichtet wurde. Die oberägyptischen Könige der 17. Dynastie, die die Grundlagen des späteren ägyptischen Weltreiches geschaffen haben, verlegten ihre Hauptstadt von Anfang an nach Theben und errichteten südlich von El-Tarif, in Dra Abu'l-Naga, ihren Königsfriedhof. Diese Epoche geht, auch bezüglich der Entwicklung der thebanischen Nekropole, in die Anfangszeit der 18. Dynastie über. Spätestens Thutmosis I., der Gründer des Weltreiches, »eröffnete« den neuen Königsfriedhof im Tal der Könige. Die organisatorische Grundlage zum Bau weiterer Königsgräber ergab sich durch die Gründung der Arbeitersiedlung von Deir el-Medineh im Südbereich von Theben-West, wenn diese nicht schon auf seinen Vorgänger Amenophis I. zurückzuführen ist, der später dort als eine Art »Ortsheiliger« verehrt wurde.

Bevorzugtes Nekropolengebiet für die Beamtenschaft wurde der schon genannte Bereich von Schech Abd el-Gurna, dessen Hügel zunächst vornehmlich von der höheren Beamtenschaft eingenommen wurde, während der tiefer gelegene Südbereich und der nördlich von Schech Abd el-Gurna befindliche Bezirk von Chocha augenscheinlich einem rangmäßig tieferstehenden Teil der Beamtenschaft zugesprochen waren. Wir werden wohl damit rechnen müssen, daß die Wahl des Grabplatzes nicht von persönlichen Wünschen abhängig, sondern den Direktiven einer Nekropolenverwaltung, die wir aus späterer Zeit kennen, unterworfen war. Während die Zahl der Felsgräber in diesem Bereich von Theben-West bis zum Ende der Regierungszeit Hatschepsuts noch relativ gering blieb, füllten sich der Hügel von Schech Abd el-Gurna und die vorgelagerten Bezirke unter Thutmosis III. erheblich.

Die Grenze zwischen dem »privilegierten« Bereich und den übrigen Bezirken dieses Nekropolenabschnittes begann, sich zuungunsten des ersteren zu verschieben. Die Lage der unter Amenophis II. errichteten Gräber macht deutlich, daß sich in den zentralen Bereichen von Schech Abd el-Gurna und von Chocha schon so viele Felsgräber befanden, daß die neuen Bestattungsanlagen mehr und mehr in die Randgebiete abgedrängt wurden. In einem dieser Randgebiete im Südwesten von Schech Abd el-Gurna hat dann auch Sennefer, der Bürgermeister von Theben, sein Grab (Thebanisches Grab Nummer 96) angelegt, nachdem schon sein Vater ein Felsgrab (Thebanisches Grab Nummer 224) am äußersten Südende von Schech Abd el-Gurna erhalten hatte.

Ägyptische Grabanlagen, so auch die des Sennefer, sind in zwei strikt voneinander getrennte Bereiche gegliedert. Der eine ist der »Jenseitsbereich«, der im Normalfall unzugänglich war, die Bestattung aufnahm und daher nicht zum »Diesseits« gerechnet wurde; er wird im folgenden Sargkammer genannt werden. Der andere ist der »diesseitige« Teil, der vornehmlich der Versorgung des Toten im Jenseits diente, im folgenden Kultkammer genannt. Während die Sargkammer fast nie dekoriert ist (eine der wenigen bezeichnenden Ausnahmen stellt das Grab des Sennefer dar), enthält der Kultbereich neben Statuen des Toten, im Idealfall auch solche seiner Frau und anderer Angehöriger, Darstellungen, die man in folgende Themengruppen gliedern kann:

1. Darstellungen aus dem Diesseits als Voraussetzung für jenseitiges Leben: berufliche Szenen und Darstellungen des Königs, denn das diesseitige Leben des Grabherrn war Königsdienst.
2. Herstellung der Grabausstattung (= Jenseitsausstattung) und der Totenopfer sowie deren Transport zum Grabe.
3. Opferhandlungen vor dem Toten im rückwärtigen Teil des Kultbereiches.
4. Darstellung der Beisetzung des Toten einschließlich seiner Ankunft im Grab, die damit magisch gesichert ist.
5. Darstellungen des Toten am Grabeingang beim Opfer an den Sonnengott.
6. Darstellung der Fahrt nach Abydos, um dort an den Festen des Totengottes Osiris teilzunehmen.
7. Darstellungen der Teilnahme des Toten am Talfest.

Die Kulträume des Felsgrabes der 18. Dynastie bestehen in der Regel aus einem Querraum hinter dem Eingang, dann einer Langhalle, die in den Berg hineinführt, und schließlich aus einer Nische oder einem eigenen Raum mit Darstellungen des Toten bei der Entgegennahme der Opfer (Kultkammer mit Kultnische). In diesen Räumen standen auch die Statuen. Die Verbindung zwischen dem Kultbereich des Grabes und der häufig darunter liegenden Sargkammer wird durch einen Schacht hergestellt, der im Normalfall verfüllt war. Eine der vielen Besonderheiten des Sennefer-Grabes ist es nun, daß möglicherweise der Zugang zur Sargkammer nicht verschlossen war, was im übernächsten Abschnitt näher erörtert werden soll.

Der thebanische Bürgermeister Sennefer, ein Beamter aus der Zeit Amenophis' II.

Rolf Gundlach und Mitarbeiter

Sennefers Herkunft

Thutmosis III. hatte die Hauptstadt von Theben, dem Zentrum der damaligen ägyptischen Welt, nach Memphis im Norden verlegt. Dort verbrachte auch sein Sohn, der spätere König Amenophis II., einen Teil seiner Jugend. Über seine Erziehung informiert uns eine große Stele, die Amenophis II. nach seiner Thronbesteigung gegenüber dem Großen Sphinx in Giza aufstellen ließ. Die Inschrift schildert die kriegerischen und sportlichen Aktivitäten des Prinzen, die offenbar einen wichtigen Teil seiner Ausbildung darstellten.

Einer der Erzieher des Thronfolgers Amenophis war ein gewisser Ahmose-Humay. Über seine Herkunft ist fast nichts bekannt, vielleicht stammte er aus einfacheren sozialen Verhältnissen. Jedenfalls nennt er den Namen seines Vaters ohne Hinzufügung eines Titels, der allein Auskunft über Amt und soziale Stellung hätte geben können. Ahmose-Humay stieg in Memphis zum Vorsteher des Harims der Königin auf und war als Erzieher des Prinzen eng mit diesem verbunden. Er heiratete eine Hofdame namens Nebu, die wahrscheinlich Tochter eines »Zweiten Priesters des (Gottes) Haroeris« aus Qusae, dem Hauptort des 5. oberägyptischen Gaues, war. Diese Heirat verstärkte noch seine Verbindung mit dem königlichen Hof.

So wuchsen die Söhne des Ahmose-Humay, Amenemope und Sennefer, zusammen mit Amenophis II. auf, der später eine auffällige Vorliebe für diese und andere Gefährten seiner Kindheit und Jugend zeigte, wenn es galt, wichtige Staats- und Tempelämter zu besetzen. Persönliche Beziehungen zum König waren unter Amenophis II. offenbar wichtiger als z. B. die Abstammung von einer alten Beamtenfamilie, die noch unter Thutmosis III. eine große Rolle gespielt hatte (s. o. S. 19). Nach dem Tode Thutmosis' III. begab sich der neue König, Amenophis II., nach Theben, wobei ihm der amtierende Wesir von Oberägypten, Rechmire, bis nach Mittelägypten entgegenkam. Zu einem uns unbekannten Zeitpunkt setzte der König dann seine beiden Jugendgefährten Sennefer und Amenemope in leitende Positionen in Theben ein: Amenemope wurde statt Rechmire Wesir von Oberägypten und sein Bruder Sennefer Bürgermeister von Theben. Welche Laufbahn die Brüder vorher absolviert hatten, wissen wir leider nicht.

Zahlreiche Mitglieder der Familie des Sennefer sind in seinem Grab und dem seines Bruders (Thebanisches Grab Nr. 29) genannt und abgebildet; z. B. fordert Amenemope in seinem Grab den Bruder Sennefer auf: »Oh Bürgermeister: feiere einen schönen Tag, indem du zusammen mit deinem Bruder, dem Wesir, in seinem Haus für die Ewigkeit (= Grab) bist!«

Als hohe Beamte mit Amtssitz Theben wurden die Brüder Mitglieder der dortigen »guten Gesellschaft«, was sich unter anderem auch an den Ämtern einzelner Familienmitglieder erkennen läßt. Es war für Angehörige der höheren Beamtenschaft üblich, im Kult des Reichsgottes Amun-Re von Karnak Aufgaben zu übernehmen; so war der Sohn des Amenemope »Vorlesepriester des Amun«, zwei Töchter des Sennefer, Muttui und Mutneferet, sind als Sängerinnen des Amun belegt; eine weitere Tochter namens Neferetiri führte dagegen den Titel einer königlichen »Hofdame«.

Die Ehefrau(en?) des Sennefer

Obwohl wir dank der Grabinschriften und einiger weiterer Denkmäler, die verschiedenen Familienmitgliedern gehörten, über die Familie des Sennefer im weiteren Sinne einigermaßen gut unterrichtet sind, stellt die Frage, mit wieviel Frauen Sennefer verheiratet war, ein besonderes Problem dar. Im Grab werden sechs verschiedene Frauennamen genannt. Aus den Texten geht klar hervor, daß es sich bei allen um Sennefers Ehefrau(en) handelt. Die sechs Namen lauten:

Abb. 11 Theben-West, Grab des Amenemope; Wesir Amenemope, der Bruder des Sennefer

Abb. 12 Theben-West, Grab des Amenemope; Ahmose-Humay mit seiner Frau Nebu, die Eltern des Sennefer

Abb. 13 Theben-West, Grab des Sennefer, Vorraum zur Sargkammer; Sennefer mit seiner Tochter Muttui

1 Merit (»die Geliebte«): in der Sargkammer
2 Senet-neferet (»die schöne Schwester«): im östlichen Teil der Kultkammer und im Vorraum zur Sargkammer
3 Senet-nai (vielleicht »Dieses ist die Schwester«): in Szenen 1, 9 und 22 (im Kultbereich des Grabes)
4 Senet-em-iah (»die Schwester ist der Mond«): in Szene 2
5 Senet-mi: in Szene 5
6 Senai: in Szene 15.

Sechs Ehefrauen stellen für ägyptische Verhältnisse eine hohe, unwahrscheinliche Zahl dar. In der Regel lebten die Ägypter in Einehe, starb ein Partner, konnte der andere ohne weiteres eine neue Ehe eingehen. Da die Nennung im Grab des Ehemannes normalerweise die einzige Möglichkeit für eine Frau war, an einem Leben im Jenseits und den dafür notwendigen Opfern teilzuhaben, kann es vorkommen, daß ein Mann auch eine bereits verstorbene erste Ehefrau neben einer zweiten Frau in seinem Grab nennt. Sechs nacheinander anzusetzende Ehen sind jedoch wenig wahrscheinlich. Betrachten wir daher die Namen einmal näher.

Bei den Namen 2 bis 6 fällt auf, daß sie alle mit dem Element Sen(et) »Schwester« gebildet sind. Man kann die Namen 3 und 6 wegen ihrer Ähnlichkeit als zwei Formen ein und desselben Namens betrachten: Sen(et-n)ai. Die

Abb. 14 Kairo, Ägyptisches Museum; Gruppenstatue des Sennefer mit Frau und Tochter ▷

Abb. 15

Abb. 16

Namensform 5 vermittelt den Eindruck, eine Koseform von 4 zu sein, so daß wir auch diese beiden Namensformen zusammenziehen können: Senet-em(iah). Inhaltlich gesehen sind die Bildungen 2 bis 6 eigentlich nur verschiedene Aussagen über die »Schwester« (Senet) bzw. »Ehefrau«. Denn »Schwester« ist im Neuen Reich eine gängige Bezeichnung für »Ehefrau«. Daher ist es m. E. sehr wahrscheinlich, daß alle fünf Namensformen, die mit dem Element Senet (also 2 bis 6) gebildet sind, ein und dieselbe Person bezeichnen. Es kommt noch hinzu, daß für mehrere dieser Namensformen der Titel »Amme des Königs« belegt ist. So können wir vielleicht Senet-emiah als den Eigennamen der Ehefrau ansehen, während die beiden anderen, Senet-neferet und Senet-nai, nur ihren Status als Ehefrau beschreiben.

Interessant ist darüber hinaus, daß die Namensform Merit (1) nichts anderes heißt als »die Geliebte« bzw. »die Auserwählte«. Betrachtet man die Verteilung der Namen im Grab, dann stellt man folgendes fest: Der Name Merit (1) kommt ausschließlich in der Sargkammer vor, während sich die übrigen Namensformen auf den Kultbereich und auf den Vorraum zur Sargkammer verteilen. Hinter dieser Aufteilung steckt zweifellos Absicht. Es scheint m. E. völlig ausgeschlossen, daß Sennefer sich im Jenseitsbereich seines Grabes, der Sargkammer, von der einen Ehefrau versorgen läßt bzw. mit ihr zusammen den Unterweltsgöttern gegenübertritt, sich dagegen im Kultbereich des Grabes, also im Diesseitsbereich, mit der anderen Frau darstellen läßt. Deshalb erscheint es mir naheliegend, alle diese Namensnennungen auf nur eine einzige Ehefrau des Sennefer zu beziehen. Während die Nennungen der Frau im Kultbereich des Grabes mit den Titeln »Sängerin des Amun« und »Amme des Königs« verbunden sind, fehlt in der Sargkammer für Merit der Titel »Amme des Königs«. Daraus könnte man nun auch folgern, daß sich der Name Merit auf eine andere Person beziehen muß als die übrigen Frauennamen (2 bis 6). Gerade das aber ist m. E. aus den dargelegten Gründen sehr

Abb. 15–17 Theben-West, Grab des Sennefer, Vorraum zur Sargkammer; Diener mit Grabausstattung

Abb. 17

unwahrscheinlich. Merit (»die Geliebte«, »die Auserwählte«) wird hier nur einen anderen Aspekt der Ehefrau bezeichnen als die mit Senet (»Schwester« bzw. nach ägyptischer Sitte »Ehefrau«) gebildeten Namensformen, womit m. E. der Schluß gezogen werden muß: Sennefer hatte nur *eine* Ehefrau.

Wenn man, wie hier aufgezeigt wurde (vgl. M. Nelson, S. 68), zu dieser Ansicht kommen kann, soll doch auch die Gegenposition nicht verschwiegen werden. Die Auslegung aller Namen als zu einer Frau gehörig ist nicht unproblematisch: So ist es der einzige Beleg seiner Art, der zwischen einer diesseits- und einer jenseitsbezogenen Form der Ehefrau unterscheidet. Deshalb wurde auch der Standpunkt vertreten, Sennefer sei zweimal verheiratet gewesen: zuerst mit Merit, später mit Senet-nai/-neferet, zu deren Lebzeiten die Grabdekoration beendet wurde und die als einzige Ehefrau auf allen anderen Denkmälern des Sennefer (wie z. B. seinen Statuen) genannt wird. Doch auch bei dieser Interpretation sollen die Ungereimtheiten nicht außer acht gelassen werden. Das Argument des Fehlens von Belegen für eine Unterscheidung zwischen einer diesseits- und einer jenseitsbezogenen »Form« der Ehefrau läßt sich leicht durch die Tatsache entkräften, daß uns, außer im Sennefergrab, bisher kaum dekorierte Sargkammern überliefert sind. Auch der Vorschlag, in Merit die erste Frau des Sennefer zu sehen, da nur sie in der Sargkammer dargestellt ist, kann nicht vollends überzeugen, da deren Dekoration wohl eher als letzter Teil des Grabes ausgeführt wurde. Sollte es in diesem speziellen Fall anders gewesen sein, bleibt das Problem, daß noch im Vorraum zur Sargkammer Senet-neferet dargestellt ist.

Sennefer als Bürgermeister

Die amtliche und gesellschaftliche Stellung des Sennefer läßt sich an den zahlreichen Titeln ablesen, die in den Inschriften seines Grabes als Teil von Textpassagen und als Beischriften zu bildlichen Darstellungen des Grabherrn überliefert sind. Eine solche Menge von Titeln war bei höheren Beamten üblich, bezeichneten sie doch bis in Einzelheiten die amtlichen Befugnisse ihres Trägers. Man kann bei Sennefer grundsätzlich Rangtitel, Amtstitel der Landesverwaltung, Titel im Bereich des Amuntempels sowie »Pensionstitel« unterscheiden.

Sennefer führte als *Rangtitel*, die seine Einstufung am Hof Amenophis' II. und damit innerhalb der Gesellschaft beschrieben, die Titelfolge iri-pat hati-a sedjauti-biti, die in einer gängigen, aber irreführenden ägyptologischen Übersetzung mit »Fürst und Graf, Siegler des Königs« wiedergegeben wird. Diese Titel sind bereits seit dem Alten Reich belegt und bezeichnen auch im Neuen Reich die höchsten Rangstufen, wenn auch die wörtliche Bedeutung dieser Titel längst unbekannt war.

Sennefers wichtigster *Amtstitel* war »Bürgermeister der südlichen Stadt (= Theben)«. Das Amt eines Bürgermeisters gab es im Neuen Reich außer in Theben auch in anderen Städten; es stellte einen wichtigen Teil der Landesverwaltung (s. o. S. 15 f.) dar. Der Bürgermeister unterstand dem Wesir, dem er regelmäßig Bericht über die Steuereinnahmen erstatten mußte. Auch Erfassung, Transport und Ablieferung der Getreideabgaben lagen in seiner Verantwortung. Der Bürgermeister von Theben konnte auch die Tempelscheunen des Amun verwalten sowie königliche Ländereien seines Amtsbereiches. Eine weitere Aufgabe bestand in der Überwachung der Nilhäfen, der Märkte und der ausländischen Händler.

Als Bürgermeister von Theben hatte Sennefer noch einige speziell ortsbedingte Aufgaben: Er gehörte zusammen mit dem Wesir und dem Hohenpriester des Amun von Karnak der Kommission an, die die Sicherheit der Königsgräber auf dem Westufer zu überprüfen hatte. Auch bezog die Nekropolenarbeiterschaft in Deir el-Medineh (der Arbeitersiedlung auf dem Westufer Thebens) ihre Versorgung aus dem Schatzhaus von Oberägypten über den Bürgermeister.

Einige Titel des Sennefer zeigen, daß er auch im Bereich *des Amuntempels* von Karnak tätig war. Er war »Vorsteher der Felder des Amuntempels« und der zum Tempel gehörenden Scheunen. In diesen Funktionen arbeitete er natürlich Hand in Hand mit der Tempelobrigkeit und hatte auch Verbindungen zum »Vorsteher der Scheunen von Ober- und Unterägypten«.

Als »Vorsteher der Rinder und Kühe des Amun« stand er in Kontakt mit dem Schatzhaus von Oberägypten. Das Bild seiner Zuständigkeiten im Amuntempel wird abgerundet durch die Verantwortung für die Gärten des Amun, die im Kultbereich seines Grabes abgebildet sind. Der Titel »Vermögensverwalter des Amun« faßt wohl diese Einzeltitel zusammen. Hier sind noch zwei Titel anzufügen, die Sennefer mit Bezug auf in Theben-West liegende Filialtempel des Amuntempels von Karnak führte. Er war »Vorsteher der Kälber, Leiter der Kühe des Amun« im Totentempel der Hatschepsut in Deir el-Bahari und »Vermögensverwalter« eines kleinen Heiligtums Amenophis' I.

Abb. 18 Theben-West, Grab des Sennefer, Sargkammer; Sennefer vor der Baumgöttin (vgl. Gesamtansicht Abb. 19) ▷

Weitere priesterliche Titel des Sennefer zeigen, daß er besondere Aufgaben im Rahmen des Amunkultes übernommen hatte: Er fungierte nicht nur allgemein als »Festleiter des Amun«, sondern auch als »Festleiter (im Totentempel) Thutmosis' I.« und »Hoherpriester des Amun« in einem kleinen Heiligtum des Amun auf dem Westufer von Theben namens Men-isut.

Zu Sennefers Titulatur gehören auch zwei sog. *Pensionstitel*: Er bekleidete nämlich das Amt eines »Priestervorstehers der Gottesgemahlin Ahmose-Nefertari«, die in Theben-West zusammen mit ihrem Sohn Amenophis I. verehrt wurde, und das Amt eines »Priestervorstehers des (Gottes) Haroeris, des Herrn von Qusae«: Er stand somit nominell zwei »Pfründen« vor, aus denen er seine Altersversorgung bezog. Reale Amtspflichten waren mit den Posten der Priestervorsteher im Gegensatz zu früheren Zeiten nicht mehr verbunden, denn die kultische und administrative Leitung der Tempel lag jetzt in den Händen des jeweiligen Hohenpriesters.

Diese Aufschlüsselung der Titulatur des Sennefer spiegelt nicht alle Aufgaben eines Bürgermeisters direkt und unmittelbar ablesbar wider. Die oben geschilderten Zuständigkeiten sind z. T. aus Wirtschaftsurkunden, aus Briefen, wie dem des Sennefer an seinen Untergebenen Baki, und Verwaltungstexten wie der »Dienstvorschrift für den Wesir« erschlossen. Auch einige Darstellungen des Sennefer-Grabes geben Auskunft über sein berufliches Wirken: So inspiziert Sennefer die Getreideabgaben und an anderen Stellen Landarbeiten, Kornmesser und die Kapitäne der Getreideschiffe. Die Schreiber rufen beim Abmessen des Getreides:

»Füllt, füllt an!
Denn der Bürgermeister wünscht,
daß für Amun tüchtig angefüllt wird!
So gewinnt er Ansehen vor dem König
wegen seiner grenzenlosen Nützlichkeit
für das Füllen des Gottesopfers für Amun
und die Götter, die in seinem Gefolge sind!«

Wie ein hoher Beamter des frühen Neuen Reiches sich selbst und sein Verhältnis zum König sah, läßt sich aus einigen Inschriften im Sennefer-Grab ablesen. Es handelt sich zwar um formelhafte Aussagen, doch lassen sie interessante Einblicke in das Selbstverständnis der damals staatstragenden Schicht zu. Sennefer bezeichnet sich als »Großer Vertrauter des Herrn der beiden Länder (= König), Gelobter des vollkommenen Gottes (= König), welcher Nützliches tut täglich für seinen Horus (= König), Bürgermeister der südlichen Stadt (= Theben), der die Verwaltungsgeschäfte Thebens führt . . .«.

Seine berufliche Untadeligkeit schildert er folgendermaßen:

»Ich erreichte die Ehrwürdigkeit des Alters unter dem König,
indem ich der Vertraute des Herrn der beiden Länder war.
Der König kannte meine Tüchtigkeit und wußte,
daß ich das Nützliche tat in den Ämtern,
die er in meine Obhut gegeben hatte.
Er sah sich überall um, konnte aber nichts Schlechtes an mir finden. (. . .)
Er machte mich (. . .) zum Großen Oberhaupt in der südlichen Stadt,
zum Scheunenvorsteher des Amun, Feldervorsteher des Amun, zum Vorsteher der Gärten des Amun, Hohenpriester des Amun im Tempel Men-isut: Bürgermeister Sennefer, gerechtfertigt durch den großen Gott.«

Abb. 19 Theben-West, Grab des Sennefer, Sargkammer; Sennefer vor der Baumgöttin ▷

Das Grab des Sennefer

Rolf Gundlach und Mitarbeiter

ALLGEMEINES

Die Vielfalt an Themen, die in den Darstellungen eines ägyptischen Privatgrabes wie dem des Sennefer vertreten sind, deutet bereits an, daß ein solches Grab mehrere Funktionen zu erfüllen hatte. Die Aufgabe des Grabes bestand zunächst darin, den Leichnam aufzunehmen und gegen äußere Gefahren zu schützen. Aber Darstellungen von Opferhandlungen vor dem Toten, der oft niedergeschriebene Wunsch, an den täglichen Opfern der Götter beteiligt zu werden, und auch der Wille des Toten, aus dem Grabe heraustreten zu können, »um die Sonne zu schauen«, zeigen deutlich an, daß das Grab ein »Betrieb« war, in dem nach festgelegtem Terminplan »für alle Ewigkeit« ein Programm abzuwickeln war. Zweck dieses Programmes war es, das ordnungsgemäße Weiterleben des Toten im Jenseits und seinen Kontakt mit dem Diesseits zu gewährleisten.

Die diesseits- und jenseitsbezogenen Funktionen des Grabes sind an den bildlichen Darstellungen und Texten im Grabe abzulesen. Da für den Ägypter alles, was bildlich dargestellt bzw. schriftlich niedergelegt wurde, Wirklichkeit war, hatte die Dekoration des Grabes (mit Darstellung der Totenopfer u. a.) den Zweck, den »Grabbetrieb« auch für den Fall aufrechtzuerhalten, daß die Nachkommen keinerlei Fürsorge für den Toten mehr aufbringen. Das ist sicher ein beabsichtigter Nebeneffekt der Grabdekoration. Diese Erklärung versagt jedoch schon, wenn man die Darstellungen des Bestattungszuges ansieht, denn eine Bestattung hatte einmal stattgefunden und braucht nicht wiederholt zu werden. Das Heraustreten des Toten aus dem Grabe, »um die Sonne zu schauen«, ist ebenso nicht von der Durchführung des Totenkultes durch die Angehörigen abhängig.

Die Hauptaufgabe, die die Grabdekoration zu erfüllen hatte, dürfte demnach andersgeartet gewesen sein: Nur wenige der Handlungen, die im Grabe dargestellt wurden, sind dort selbst vollzogen worden. Das berufliche Leben des Toten, das auch zum Dekorationsprogramm gehört, hatte sich außerhalb der Nekropole abgespielt. Die Mumifizierung wurde ebenfalls außerhalb des Grabes vollzogen, und der Begräbniszug fand im Grabe nur seinen Abschluß. Die Fahrt nach Abydos, wie sie bei Sennefer im unteren Grabbereich dargestellt ist, fand zwar wohl nur ideell statt, führte aber aus dem Grab heraus. Lediglich der normale Totenkult und z. T. auch der private Abschnitt des »Talfestes« hatten ihren Schauplatz im Kultbereich des Grabes. Schon diese Darstellungen des Grabbetriebes und die Einbindung von Geschehnissen außerhalb dieses Ortes in die Dekoration zeigen den definierenden Charakter der Grabdekoration. So, wie eine Statue oder ein flachbildliche Darstellung eines Menschen erst durch Hinzufügung des Namens zum Bild des Dargestellten wird, kann auch die Baulichkeit eines Grabes erst dann zu einem funktionierenden Bestattungsort werden, wenn dieser durch die Dekoration als solcher gekennzeichnet, d. h. definiert wird.

Aber es kommt noch ein anderer Aspekt hinzu. Wenn auch im Grab Ereignisse dargestellt sind, die sich dort nicht zugetragen haben, gibt es andererseits doch Handlungswiedergaben, die sich genau an der Stelle befinden, an der diese Handlungen vollzogen worden sind. Hierzu gehören z. B. die Opferhandlungen an bzw. in der »Kultnische« im hintersten Bereich der Kultkammer, aber auch die Darstellung des Grabherrn an Türdurchgängen, wie er das Grab verläßt. Es liegt hier deutlich eine »Bindung der Szene an den Ort« vor.

Die Themen, die im Rahmen der Grabdekoration darzustellen waren, sind nun nicht fein säuberlich getrennt auf den Wänden der Grabräume abgehandelt worden. Eine Reihe von thematisch zusammengehörigen Darstellungen

Abb. 20 Theben-West, Grab des Sennefer, Kultkammer; Erntefest zu Ehren der Göttin Renenutet

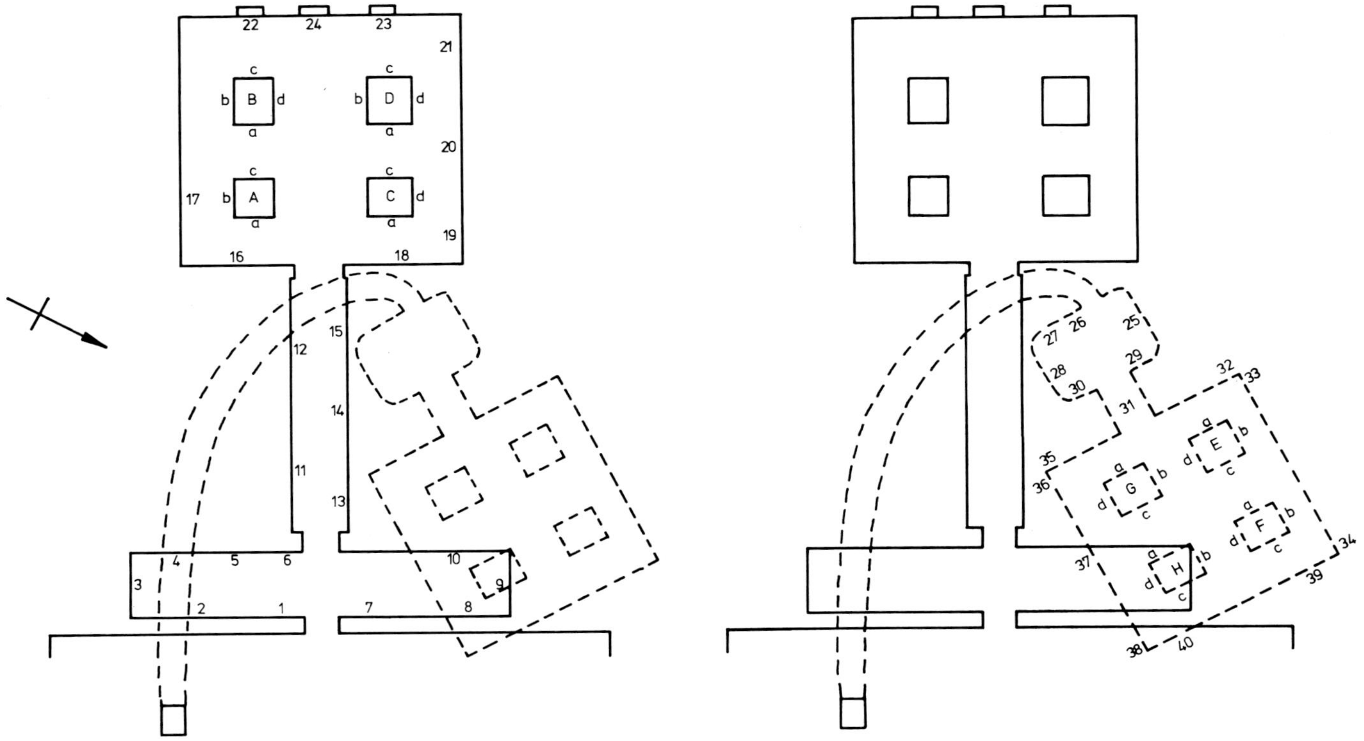

Abb. 21 Grab des Sennefer – Schematischer Grundriß der Kult- und Sargkammer
(Szenennumerierung nach Porter-Moss, Topographical Bibliography I[2], 1970, 196)

und Texten, die hier »Dekorationskapitel« genannt werden sollen, verteilen sich entweder über den ganzen Kultbereich des Grabes oder über die Wände des Bestattungsbereiches oder auch über beide Teile. Diese Verzahnung von Unterkapiteln verschiedenartiger thematischer Zugehörigkeit ist wohl im wesentlichen darauf zurückzuführen, daß alle Dekorationskapitel entweder mit der Kultnische verbunden sein mußten, der entscheidenden Kontaktstelle zwischen den im Diesseits Lebenden und dem Toten, oder thematisch auf das Heraustreten des Toten aus dem Grabe ausgerichtet waren.
Ein einigermaßen hinreichendes Verständnis für die thematischen Verästelungen der Grabdekoration im gesamten Grabbereich gewinnt man natürlich nur durch Besichtigung des Grabes anhand eines Themenplanes. Aber einen ersten Eindruck kann man schon dadurch erhalten, daß man die Szenen daraufhin sortiert, in welche Richtung der Grabinhaber orientiert ist. Blickt er, der Flucht der Wandlinien folgend, in das Grabinnere, befindet er sich entweder noch im Diesseits oder geht nach seinem Tode in das Jenseits ein. Blickt er vom Grabinneren zum Grabeingang hin, ist er im Normalfall als Verstorbener dargestellt, der Totenopfer empfängt, sich aus dem Grabe herausbegibt und mit dem Diesseits in Kontakt tritt.
Der Grabbau selbst ist, von außen nach innen gesehen, zunächst in die Bereiche Vorhof und Fassade gegliedert, die mit dem Kultbereich des Grabes den vom Diesseits aus zugänglichen Bereich bilden, und dann in Schacht und Sargkammer, die zusammen als der jenseitige Teil des Grabes aufgefaßt wurden. Die Sargkammer des Sennefer bildet einen wichtigen Teil der Ausstellung. Bevor sie beschrieben wird, müssen wir uns aber mit dem oberen, »diesseitigen« Teil des Grabes befassen, da die Sargkammer ja nur einen Ausschnitt aus dem Grabganzen darstellt und in ihrer Dekoration unter anderem auf die Themen des Kultbereiches bezogen ist. Dabei wird sich zeigen, daß diese Themen überwiegend diesseitsbezogen sind, d. h. Handlungen wiedergeben, die entweder vor,

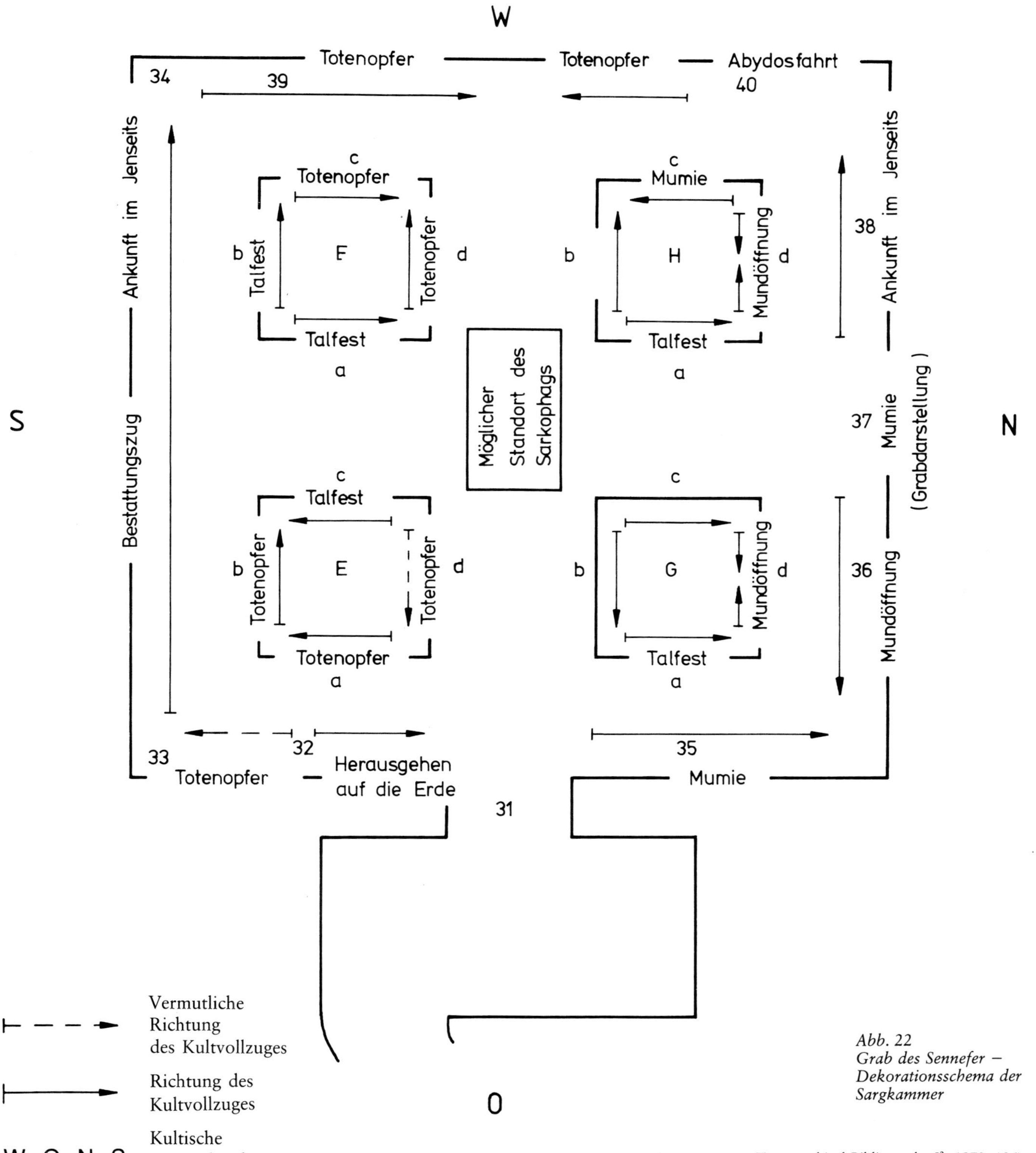

Vermutliche Richtung des Kultvollzuges

Richtung des Kultvollzuges

W, O, N, S: Kultische Himmelsrichtungen

Abb. 22
Grab des Sennefer – Dekorationsschema der Sargkammer

(Szenennumerierung nach Porter-Moss, Topographical Bibliography I², 1970, 196)

Abb. 23 Theben-West, Grab des Sennefer, Kultkammer; Arbeiten in den Kornspeichern des Amun

Abb. 24 Theben-West, Grab des Sennefer, Kultkammer; Arbeiten im Kornspeicher

Abb. 25 Theben-West, Grab des Sennefer, Kultkammer; Königsstatuen und Kultgerätschaften der großen Neujahrsstiftung

Abb. 26 Theben-West, Grab des Sennefer, Kultkammer; Teilnehmer eines Festbanketts

Abb. 27 Theben-West, Grab des Sennefer, Vorraum zur Grabkammer; Diener mit Gegenständen der Grabausstattung

Abb. 28 Theben-West, Grab des Sennefer, Sargkammer; Diener mit Kleiderkästen

während oder nach der Beisetzung spielen und den Kontakt des Grabherrn mit den Lebenden behandeln. Andererseits aber nimmt die Dekoration der Sargkammer einen Großteil der Themen des Diesseitsbereiches wieder auf und bildet mit der Wanderung des Verstorbenen aus dem Sarkophagraum heraus die Voraussetzung für wichtige Teile der Dekoration des Diesseitsbereiches.

Kult- und Jenseitsbereich des Grabes sind zwar räumlich getrennt, haben aber eines gemeinsam: Da sich das Totenreich im Westen befindet, wird jede Bewegung in das Grab hinein von Ost nach West gesehen. Diese »kultische« Himmelsrichtung unterscheidet sich sehr oft, so auch bei Sennefer, von der geographischen. Somit liegt der Eingang sowohl des Kult- als auch des Jenseitsbereiches im »Osten« und die Kultnische der Kultkammer im »Westen«. Man betritt jeden dieser Grabbereiche also immer von »Osten« – rechts ist dann »Norden«, links »Süden«.

Im folgenden soll zunächst die Dekoration des Kultbereiches summarisch beschrieben werden und anschließend eingehender die der Sargkammer, da nur diese Gegenstand der Ausstellung ist. Dabei werden die thematisch abgrenzbaren Dekorationskapitel im Zusammenhang behandelt.

DER KULTBEREICH IM GRAB DES SENNEFER

Erste Voraussetzung für ein Weiterleben des Toten im Jenseits war, daß er sein diesseitiges Leben der Weltordnung (Maat) gemäß geführt hatte. Dieses Leben bestand für einen Beamten wie Sennefer unter anderem im Staatsdienst, d. h. konkret in seinem Dienst für den König. Demzufolge ist Sennefer im Kultbereich seines Grabes nicht nur bei der Verrichtung seiner Dienstaufgaben dargestellt, z. B. bei der Aufsicht über die Speicher des Amuntempels (Szene 10, s. Abb. 21), bei der Inspektion der Landarbeiter und der Verladung des »Gottesopfers« des Amun (Szene 11), sondern auch bei einer Audienz vor dem »König seiner Zeit«, Amenophis II. (Szene 6). An der Decke befindet sich ein autobiographischer Text, der die Dienste, die Sennefer für König Amenophis II. geleistet hatte, anführt. Der Nachweis seines maat-gerechten Lebens durch Aufzählung seiner offiziellen Funktionen findet sich außerdem im gesamten Kultbereich bis in die Kultnische hinein, also bis an die Grenze zum Jenseits.

Die nächste Voraussetzung für das Weiterleben des Sennefer im Jenseits wird durch die Darstellung der Bestattungsprozession erfüllt, die in der Kultkammer auf der (kultischen) Südseite dargestellt ist (Szene 17). In der Versorgung des Toten und auch in der Dekoration des Grabes gehen die Riten, die zugunsten der Mumie durchgeführt wurden, unmittelbar voraus (Szene 16). Zur Beisetzung gehört auch das Herbeibringen der Grabausstattung (Szene 18). Die Darstellungen, die auf die Totenopfer bezogen sind, finden sich insbesondere in der zentralen Kultnische (Szene 24), in der die Tochter ihrem verstorbenen Vater opfert.

Der Teilnahme des Toten am Talfest ist in der Dekoration ein größerer Raum gewidmet. Die Angehörigen des Sennefer sollten sich, wie es die Darstellungen im Grab zeigen, im Anschluß an die offiziellen Feierlichkeiten der Prozession, die Amun zu den Totentempeln der Könige führte, im Grab des Sennefer versammeln und dort ein Bankett feiern (vgl. Szenen 1–2, 7–8, 15, 21). Dieses Gastmahl, das im oder vor dem Grab stattfand, zieht sich darstellungsmäßig durch den Kultbereich bis vor die Kultnischen (Szenen 22, 23). Im Vierpfeilersaal des Kultbereichs, der Kultkammer, laufen die Grundlinien der Grabdekoration zusammen: der Nachweis eines maat-gerechten Lebens, die Wiedergabe der Beisetzungszeremonien (einschließlich des Herbeibringens der Grabausstattung) und die Abbildung der Totenopfer in der mittleren Kultnische (Szene 24) als Voraussetzung dafür, daß dem Verstorbenen dort überhaupt geopfert werden kann.

Von der mittleren Kultnische aus, einer Grenzzone zwischen Diesseits und Jenseits, besteht eine »magische Verbindung« zur Sargkammer (= Jenseits), aus der die Seele (ägyptisch Ba) des Toten gerufen wird, damit sie in der Statue der mittleren Kultbildnische (die wir dort nach den Parallelen in anderen Gräbern zu vermuten haben) Platz nimmt, um die Totenopfer entgegenzunehmen.

Hinzuzufügen ist noch, daß in den beiden seitlichen Kultnischen die Eltern des Toten einen Platz gefunden haben, um ebenfalls Totenopfer empfangen zu können. Hier muß an eine »magische Verbindung« zum Grab des Vaters (TT 224) gedacht werden, da dessen Leichnam sich ja dort und nicht im Grab des Sennefer befindet.

◁ *Abb. 29 Theben-West, Grab des Sennefer, Sargkammer; Blick nach Nordosten*

Abb. 30 Theben-West, Grab des Sennefer, Sargkammer; Lotosblütenopfer für den Grabherrn anläßlich des »Talfestes« ▷

DER JENSEITSBEREICH DES GRABES

Abb. 32 Theben-West, Grab des Sennefer, Sargkammer; Merit, Ehefrau des Sennefer ▷

Abb. 33 Theben-West, Grab des Sennefer, Sargkammer; Versorgung der Mumie durch den Nekropolengott Anubis (Totenbuchillustration zu Spruch 151) ▷▷

Die Struktur des Jenseitsbereiches

Die Sargkammer befindet sich am unteren Ende einer gewundenen steilen Treppe, der Entsprechung des sonst üblichen Schachtes. Es ist möglich, daß dieses Treppenhaus, das in seiner Form eine Darstellung der Unterwelt sein kann, den später in der 18. Dynastie üblichen »sloping passages« entspricht. Diese gewährten Zutritt für regelmäßig durchzuführende Auferstehungsfeste, die der Mumie galten. Es ist deshalb unwahrscheinlich, daß die Treppe wie ein Schacht mit Schutt verfüllt war, zumal wenn man daran denkt, daß die Sargkammer sowie deren Vorkammer gesondert verschlossen gewesen sind.
Die Sargkammer selbst ist ein nahezu quadratischer Vierpfeilersaal, dessen Deckenbemalung, die geflochtene Matten imitiert, den Eindruck eines luftigen Zeltes erweckt, durch das sich wie in der Vorkammer, die als Weinlaube bemalt ist, eine Weinranke zieht. Aufgabe einer Sargkammer ist es, den Sarkophag mit dem mumifizierten Leichnam sowie die Grabbeigaben aufzunehmen, sofern für diese kein besonderer Raum vorgesehen war. Deshalb wird – wie schon im Kultbereich – auch in der Vorkammer das Herbeibringen der Grabausstattung gezeigt (Szenen 27–28). Aber die Vorkammer ist noch nicht das eigentliche Grabinnere, das erst mit dem Durchgang von der Vorkammer zur Sargkammer beginnt, denn dort sind über dem Eingang zwei einander gegenüberliegende Anubis-Figuren dargestellt (Szene 31). Diese hundeartigen, oft auch als Schakale bezeichneten Erscheinungsformen des Gottes Anubis, des Herrn der Nekropole, bewachen so den Zugang zur Sargkammer. Nur der Seele (Ba) des Verstorbenen ist es möglich, hier ein- und auszugehen. Auf dieses interessante Kapitel der Dekoration des Sennefer-Grabes kommen wir später noch einmal zurück (s. S. 56).
Wenn man als Besucher durch den originalen Zugang in die Sargkammer tritt, also aus (kultisch) östlicher Richtung kommt, sieht man geradeaus in (kultisch) westlicher Richtung an der Querwand der Kammer eine Szene, die aus der doppelten Wiedergabe des Grabherrn und seiner Frau besteht: Der sitzende Verstorbene und seine hinter ihm stehende Ehefrau nehmen einmal nach links, einmal nach rechts gerichtet Totenopfer entgegen (Szenen 39, 40). Diese Doppelszene bildet thematisch einen der Schwerpunkte der Sargkammer.
Im Zentrum der Kammer zwischen den vier Pfeilern, im Schnittpunkt der beiden kultischen Achsen Ost-West, Süd-Nord, befindet sich der für den Sarkophag vorgesehene Platz. Von diesem Mittelpunkt aus sieht man rechts auf der Mitte der (kultischen) Nordwand eine schematische Grabdarstellung (s. S. 53 f.), die einen weiteren Schwerpunkt des Dekorationsprogrammes bildet.
Wendet man sich vom Mittelpunkt der Kammer nach links zur (kultischen) Südwand, erkennt man den Bestattungszug des Sennefer, der sich nach Westen bewegt, und daran anschließend die Ankunft im Jenseits und die Wiedergeburt (s. S. 50 f.). Ebenfalls vom Mittelpunkt aus sichtbar sind Einzelszenen auf den Pfeilerflächen, die verschiedenen Themen gewidmet sind, unter denen sich Motive des Talfestes befinden (s. S. 58). Wendet man sich zum Eingang zurück, erkennt man rechts vom Durchgang den Verstorbenen mit seiner Ehefrau, wie sie aus der Sargkammer heraustreten, »um die Sonne zu schauen« (s. S. 61).
Im rechten (kultisch) nördlichen Seitenschiff der Sargkammer befinden sich die Szenen zweier weiterer Dekorationskapitel, das Ritual der »Mundöffnung« (s. S. 50 f.) und die Abydosfahrt (s. S. 58 f.). In diese verschiedenen Dekorationskapitel fügen sich andere, noch nicht aufgeführte Szenen ein. Im folgenden sollen die wichtigsten Szenen der Grabkammer in thematischer Abfolge erläutert werden.

Die Bestattung des Sennefer

Ausgangspunkt für alles Geschehen in der Sargkammer ist die Bestattung des Sennefer. Sie ist auf der (kultischen) Südwand der Pfeilerhalle dargestellt (Szenen 33/34). Die Malereien sind allerdings stark zerstört. Bevor man sich in Einzelheiten vertieft, sollte man sich folgendes vor Augen halten:

– Die bildlichen Darstellungen entsprechen alten Vorlagen, die zum Teil aus dem Mittleren Reich stammen,

◁ *Abb. 31 Theben-West, Grab des Sennefer, Sargkammer; Merit reicht Sennefer eine Schale mit Duftingredienzen*

deren Sinn im Neuen Reich aber häufig nicht mehr verstanden wurde.

– Nur ein Teil der Szenen, die in alten Vorlagen existierten, wurde zur Wiedergabe im Grab des Sennefer übernommen. Dabei kam es oft zu einer Verkürzung von Szenen bis zur Unverständlichkeit, die nur durch Vergleich mit der Dekoration anderer Gräber behoben werden kann.
– Es ist noch nicht gelungen, alle Szenen, die man von den Bestattungsdarstellungen kennt, in ein »kanonisches« Ablaufschema der Bestattungshandlungen einzugliedern.

Hieraus geht eines deutlich hervor: Die Darstellungen von der Bestattung des Sennefer geben auf keinen Fall den konkreten Ablauf der für ihn geplanten Beisetzung wieder, sondern lediglich eine Beschreibung dessen, was gemäß der Maat hätte ausgeführt werden müssen. Die magische Wirkung, die durch die bildliche und schriftliche Beschreibung dieses in der vorliegenden Fassung fiktiven Begräbnisverlaufes ausgeübt wird, besteht darin, daß sie eine »wirkliche« Bestattung ersetzt. Die geordnete Beisetzung des Sennefer, die Voraussetzung für seinen ordnungsgemäßen Wechsel in das Jenseits war, ist durch diese Darstellung auf der Südwand der Sargkammer vollgültig nachgewiesen, und nur darauf kam es an.

Die Dokumentation der fiktiven Bestattung des Sennefer beginnt am äußersten östlichen Ende der Südwand: Sennefer, von dem nur noch der Unterkörper und die Beine sowie der rechte Unterarm mit dem Sechem-Zepter erhalten sind, schreitet gen Westen, indem er »dem Transport (seines) Sarges folgt«. Er ist also schon tot. Das Verlassen des Sterbehauses, das im Osten liegend gedacht ist, und der Transport des Sarges zum Nilufer sind im Grab nicht dargestellt. Die Wiedergabe des nach Westen wandelnden Sennefer könnte diesen Anfangszyklus mit umfaßt haben.

Rechts vom Grabherrn breitet sich die Darstellung der Bestattung über drei Register aus, bis Sennefer und seine Frau im westlichen Teil der Südwand gezeigt werden, wie sie die »westlichen« Götter Osiris und Hathor, den Totengott und die Nekropolengöttin von Theben-West, erreichen.

Einige besonders interessante Einzelszenen und Details der Bestattungsdarstellung seien hier in Form einer Liste kurz erfaßt; sie stellen nur eine kleine Auswahl dessen dar, was zum Gesamtbestand ägyptischer Begräbnisdarstellungen gehörte: unteres Register: das Aufrichten zweier Obelisken; mittleres Register: der Transport des »Kanopenschreins«, des Behälters der vier »Kanopenkrüge«, in denen sich die Eingeweide des Verstorbenen befanden; oberes Register: der »Sargschlittenzug« mit Spuren des Baldachins, unter dem auf einem Schlitten der Sarkophag mit der Mumie ruht. Eine schützende Frauengestalt ist links unter dem Baldachin-Himmel gerade noch zu erkennen. Ganz rechts in dieser Szene ist das Rindergespann erhalten, das den Schlitten zieht. Schließlich der Transport der Grabausrüstung, die normalerweise im »unterirdischen Bereich« untergebracht wurde.

Das Ritual der Mundöffnung (Abb. 37,38,41)

Thematisch eng verbunden mit der Bestattung sind die Zeremonien der Mundöffnung. Sie dienten der Belebung der Mumie des Toten und seiner Statue, die als Ersatzkörper und Stellvertreter des Toten galt. Normalerweise berührte man zu diesem Zweck den Mund der Mumie oder der Statue mit einem Dechsel, einem Werkzeug (Querbeil) der Holzhandwerker und Bildhauer, und veranlaßte auf diese Weise magisch das Öffnen des Mundes, so daß die Lebenskraft in den Körper eintreten konnte. Diese Mundöffnung ist im nördlichen Seitenschiff der Sargkammer stark abgekürzt wiedergegeben. Zentrale Bedeutung hat die Darstellung im östlichen Drittel der Nordwand (Szene 36).

Ein Sem-Priester, kenntlich an seinem Pantherfell als Amtstracht, reinigt den Verstorbenen und seine Frau mit Wasser aus einem Nemset-Gefäß. Diese an sich unspezifische Szene, die das Mundöffnungsritual im ganzen repräsentieren soll, erhält ihre spezielle Mundöffnungsbedeutung durch den beigefügten Text:

»Er (der Tote, gemeint sein dürfte die Statue) wird auf den Sandboden im Goldhaus (Werkstatt zur Herstellung von Statuen) gesetzt, sein Gesicht nach Süden, nackt auf die Erde an dem Tage, an dem die Kleider hinter ihm sind.«

Dieser Text gehört zur Szene 1 des ägyptischen Mundöffnungsrituals und beschreibt nur den Beginn der Zeremonien, repräsentiert aber als pars-pro-toto-Darstellung das vollständige Ritual, das insgesamt 75 Szenen aufweist.

Anzuschließen ist die Darstellung auf der nördlichen Fläche des nordwestlichen Pfeilers (Szene H d, s. Abb. 22).

Abb. 34 Theben-West, Grab des Sennefer, Sargkammer; Merit reicht ihrem Ehemann einen Halskragen ▷

◁ *Abb. 35*
Theben-West, Grab des Sennefer, Sargkammer; Merit reicht Sennefer eine Getränkeschale

Abb. 36
Theben-West, Grab des Sennefer, Sargkammer; Sennefer und Merit in der Szene des »Herausgehens am Tage«

Hier wird der Tote aus Krügen der gleichen Art (Nemset) gereinigt wie in Szene 36.
Die Reinigung mit Hilfe dieser Nemset-Krüge ist Thema der Szene 2 des Mundöffnungsrituals. Der Verstorbene bzw. seine Statue steht dabei vorschriftsmäßig auf reinem Sandboden, dargestellt in Form der Berghieroglyphe. Die »Festhieroglyphe«, die die Wölbung des Berges ausgleicht, ist viermal wiedergegeben, denn die Reinigung hat nach der Beischrift viermal zu erfolgen. Nach beendigter Reinigung fehlen in der nördlichen Szene G d des nordöstlichen Pfeilers die Festhieroglyphen. Hier wird der Tote bzw. seine Statue von vier Priestern mit dem Henu-Jubel begrüßt. Darunter versteht man eigentlich einen Gestus, der der wiedergeborenen Sonne gilt. Dadurch wurde das »Erwachen« der Statue des Toten beschrieben.

Versorgung und Erhaltung der Mumie

(Abb. 29, 33, 45)

Die schematische Darstellung des Grabes in der Mitte der

Abb. 37–38 Theben-West, Grab des Sennefer, Sargkammer; Mundöffnungsritual ▷▷

Nordwand der Sargkammer (Szene 37) hat zunächst den Zweck, die Mumifizierung des Leichnams im Bild festzuhalten und dadurch magisch zu bewahren. Deshalb ist der für die Balsamierung zuständige Gott Anubis im Zentrum des Feldes wiedergegeben, wie er die Mumie des Toten versorgt. Beiderseits dieser Szene knien die Schutzgöttinnen Isis (am Fußende) und Nephthys (am Kopfende). An den vier Ecken des Mittelfeldes sind die vier Kanopengötter mit dem jeweils zugehörigen Kanopengefäß für die Eingeweide angeordnet, nämlich Hapi (mit Affenkopf), Kebehsenuef (mit Falkenkopf), Amset (mit Menschenkopf) und Duamutef (mit Schakalskopf). Zwischen ihnen, also auf die vier Himmelsrichtungen bezogen, sind magische Ziegel dargestellt, die die Gestalt einer Rohrfackelklammer, eines Djedpfeilers, einer mumienförmigen Gestalt und eines liegenden Schakals haben. Sie sollen das Grab schützen. Unten links und rechts ist je ein Uschebti wiedergegeben. Aufgabe eines Uschebti war es, anstelle des Verstorbenen Arbeiten im Jenseits durchzuführen, wenn er zur Arbeit »auf den Feldern des Osiris« aufgerufen wurde. Die vogelgestaltigen Wesen mit Menschenkopf links und rechts oben repräsentieren eine Art »Seele« (Ba) des Toten, die sich vom Leichnam lösen und frei bewegen kann. Diese Seele, die täglich das Grab verlassen will, um »die Sonne zu schauen« (vgl. Szene 32, linker Teil), betet in den beiden oberen Ecken einmal nach rechts, nach Osten gerichtet, den Sonnengott bei seinem Aufgang an und einmal nach links, nach Westen gerichtet, bei seinem Untergang.

Während die Szene 37 der Versorgung der Mumie nach dem Tode dient und diese Handlung magisch verewigt, geht es in der Szene 35 auf der kultisch nördlichen Ostseite der Sargkammer um den Zusammenhang zwischen Totenopfer und Mumienerhaltung. Dargestellt ist ein Sem-Priester (Szene 36), wie er dem Verstorbenen und seiner Frau räuchert und eine Libation (= Wasserspende) auf einem großen Opfertisch darbringt:
»Ich habe (dir) das Horusauge (allgemeine Form für ein Opfer) gebracht, dein Herz sei kühl dadurch, ich gebe es (das Horusauge) dir unter deine Füße, unter deine Sohlen; nimm dir die Flüssigkeit, die aus dir herauskommt, Müdherziger (Bezeichnung für den nicht erfrischten Verstorbenen).«

Damit wird dem Verstorbenen der Ausfluß, der aus seiner Leiche kommt, magisch zurückgegeben und die damit verbundene Körperkraft von neuem zugeführt. Das geschieht im Rahmen einer alle Nahrungsmittel umfassenden Opferhandlung: »Verzehren deiner täglichen Nahrung«.
Durch diese tägliche Opferhandlung wurde die Rückgabe der Körperkraft magisch verewigt. Der Erhaltung der Mumie dienen auch Amulette, wie sie auf der Pfeilerfläche H c wiedergegeben sind: ein Skarabäus und andere Wiedergeburtssymbole. Zur Ausstattung der Mumie gehört auch ein Halskragen (H b).

Ankunft im Jenseits und Wiedergeburt (Abb. 39)
Die bisher besprochenen Themenbereiche bzw. Dekorationskapitel behandeln die Vorbereitung der Bestattung, ihre Durchführung und die magische Verewigung ihres Ergebnisses: Der Leichnam liegt sorgfältig mumifiziert in der Sargkammer, d. h. im Jenseits, und bleibt dort unversehrt bis in alle Ewigkeit.
Damit war die erste Voraussetzung dafür geschaffen, daß der Verstorbene ein »verklärter« Toter wurde, ein (ägyptisch) »Ach«. Die zweite Voraussetzung bestand in der Aufnahme durch die westlichen Götter, allen voran Osiris. Im westlichen Teil der Sargkammer ist daher auf der (kultischen) Süd- und Nordwand die Ankunft des Verstorbenen und seiner Ehefrau bei den Göttern dargestellt.
Anschließend an den Bestattungszug beten Sennefer und seine Ehefrau Osiris und die Westgöttin Hathor, von der nur noch der Kopfschmuck, das Schriftzeichen des Westens, erhalten ist, an und weihen ihnen Nahrungsmittel und Blumen (Szene 34). Gegenüber auf der Nordwand (Szene 38) thronen Osiris und Anubis unter einem Baldachin (Kiosk). Sennefer redet Osiris folgendermaßen an: »Gegrüßt seist du, herrlicher Gott, Osiris . . .; ich bin gekommen, ich verehre deine Gestalt (»Vollkommenheit«) täglich.«
Die Aufnahme des Verstorbenen bei den drei westlichen Göttern, nämlich Osiris, dem »Herrscher der Ewigkeit«, Hathor als Herrin der westlichen Wüste, in der das Grab des Sennefer liegt, und Anubis, der für die Versorgung der Mumie zuständig ist, ist damit vollzogen.
Osiris wird in diesen Szenen verschieden dargestellt: mit grüner Hautfarbe, dem Symbol der Vegetation und damit der Regeneration, auf der Südwand, mit fleischfarbener Haut auf der Nordwand. Seine Titel lassen sich zudem geographisch ordnen:

Abb. 39 Theben-West, Grab des Sennefer, Sargkammer; Sennefer und seine Frau Merit vor den Totengöttern Osiris und Anubis ▷

Südwand	*Nordwand*
a) Vorderster der Westlichen (d. h. der Verstorbenen)	e) Herr des Westens
b) Groß in Abydos	b) Groß in Abydos
c) Herr von Abydos	f) Herr von Rosetau
d) Herr der Nekropole	g) Herr von Busiris
	h) Groß in Busiris

Auf der Südwand beziehen sich alle Titel auf Abydos (b, c) bzw. sind mit diesem Hauptkultort des Osiris zu verbinden (a, d), an dem der Bestattungszug ideell endet. Diese Stelle der Sargkammer gilt also als »Abydos«.

Auf der Nordwand dagegen ist Abydos nur einmal erwähnt, während drei Titel nördlich davon liegende Kultorte nennen: Busiris im Delta (g, h) und Rosetau (f), das im Nekropolenbereich von Memphis lokalisiert wurde. Trotzdem konnte speziell Rosetau aber im Neuen Reich verallgemeinert und daher bedeutungsmäßig mit »Nekropole« (d) gleichgesetzt und geographisch parallelisiert werden.

Wir haben damit also eine deutliche geographische Unterscheidung zwischen der südlichen und der nördlichen Szene. Die Aufnahme des Verstorbenen und seiner Ehefrau durch die Totengötter führt zur Wiedergeburt: Hinter Osiris auf der (kultischen) Südwand wächst ein Weinstock hervor, der sich zur Nordwand hinüberzieht, im gesamten nördlichen Seitenschiff die Deckenfläche schmückt und sogar bis zum Ausgang der Sargkammer reicht. Auf der Nordwand hängt hinter Sennefer und seiner Frau zudem eine Ranke bis zum Boden herab und trennt damit die Anbetungsszene von der Grabdarstellung. Der Weinstock ist ein Symbol der Wiedergeburt, das hier die Wiederauferstehung der Verstorbenen anzeigt.

Die tägliche Versorgung des Verstorbenen (Abb. 40)

Ist der Tote den Vorschriften entsprechend bestattet worden, haben die Westgötter ihn »aufgenommen« und ist er wiedergeboren, muß er täglich mit allem Nötigen, vor allem mit Nahrung versorgt werden. Während im (»oberirdischen«) Kultbereich die Versorgung zumindest in der Theorie durch die Angehörigen durchgeführt wurde, fehlen diese als Kultvollzieher in der Dekoration der Sargkammer, abgesehen von der Ehefrau. Sie erscheint dort in der Rolle einer fürsorgenden Totengöttin, wie sie m. E. auf der Mehrzahl der Pfeilerflächen dargestellt ist. In Szene E a heißt es dazu, daß Anubis alle Opfer an Sennefer geben möge, »die täglich auf seinen (des Anubis) Altar kommen«. Die Versorgung des Toten an den Opferdienst des Gottes anzubinden, ist ein wirksames Mittel, sie zumindest magisch zu sichern. Gegenüber dieser Pfeilerfläche, im rechten Teil der Szene 32, empfangen beide Eheleute die entsprechenden Opfer des Osiris.

Die Darstellung dieser täglichen Versorgung findet ihren Höhepunkt in der eingangs genannten Doppeldarstellung des Verstorbenen und seiner Ehefrau auf der (kultischen) Westwand. Von links (Szene 39) bzw. rechts (Szene 40, unterstes Register) nähern sich Opfernde. Vor jedem Paar befindet sich ein großer Opfertisch.

Neben den Opfern des Osiris und Anubis sichert auch Isis als Baumgöttin in Szene F d die tägliche Versorgung: Isis spendet »Brot« an das Paar. Hier ist die Szene auf der Pfeilerfläche E d anzuschließen: Das Paar sitzt vor einem Baum, um »Bier« zu empfangen: »Brot« und »Bier« dienen hier als abgekürzte Beschreibung eines vollständigen Totenopfers, denn diese beiden Nahrungsmittel gehörten stets zu den zuerst genannten Bestandteilen des Totenopfers.

Das »Schöne Fest vom Wüstental« (Abb. 30)

Neben der täglichen Versorgung des Verstorbenen und seiner Ehefrau steht als wichtiges Thema die Einbindung in religiöse Feste: das Talfest in der thebanischen Nekropole und das Osiris-Fest in Abydos.

Das Talfest besteht u. a. aus einem privaten Teil mit einem Bankett, das die Seele (Ba) des Verstorbenen und seine Angehörigen im Grabbezirk gemeinsam feiern. Dieses ist im Kultbereich des Grabes dargestellt, aber auch mit mehreren Szenen in der Sargkammer vertreten. Auf den Pfeilerflächen G a und H a fordert die Ehefrau den Verstorbenen auf, einen »vollkommenen Tag« zu verbringen (u. a. die Bezeichnung für das Feiern des Talfestes). In den Szenen F a und E c überreicht Merit geweihte Blumen (was im Talfest eine bedeutende Rolle spielt), und in Szene F b hält sie ihrem Mann das Sistrum an die Nase. Dieses Kultinstrument der Göttin Hathor, die als »Herrin der Trunkenheit« von besonderer Bedeutung im Talfest ist, hat hier belebende Wirkung.

Die Abydosfahrt (Abb. 43)

Zwei wichtige Themenkomplexe, die Gegenstand von Darstellungen in der Sargkammer sind, bleiben noch zu

Abb. 40 Theben-West, Grab des Sennefer, Sargkammer; Blick auf den Eingangsbereich zur Grabkammer ▷

beschreiben: die Abydosfahrt und das »Herausgehen am Tage«.
Die Abydosfahrt wird auf dem nördlichen Ende der Westwand dargestellt. Im oberen Register fährt der Verstorbene mit seiner Frau nach Abydos bzw. wird dorthin transportiert, um »an den Festen des Osiris teilzunehmen«. Es geht also m. E. nicht um eine einmalige Handlung, sondern um den Wunsch des Verstorbenen, immer wieder an den Prozessionen des Osiris in Abydos teilzunehmen. Bei diesen wurde, auf den Tod des Osiris folgend, der Weg zu dessen Grab in Umm el-Qaab (dem Königsfriedhof der Frühzeit) eingeschlagen, damit dort die Wiederauferstehung des Osiris gefeiert werden konnte. Anschließend kehrte die Prozession zum Osiristempel zurück.
Die Teilnahme von Verstorbenen an diesen Osiris-Prozessionen ist im Mittleren Reich gut belegt durch viele Privatkapellen, die entlang der Prozessionsstraße in Abydos standen. Mit ihrer Hilfe konnten die dort dargestellten und genannten Toten an den Prozessionen teilhaben.

Das »Herausgehen auf die Erde« (Abb. 40)

Das letzte Thema führt zum Eingang zurück. Im linken Teil der Szene 32 ist der Verstorbene dargestellt, wie er mit seiner Ehefrau das Grab verläßt, um täglich die Sonne zu sehen: »Herauskommen auf die Erde, um die Sonnenscheibe zu sehen, täglich«. Damit ist der Wunsch verbunden, »täglich auf der Erde zu wandeln«, wie es im weiteren Fortgang des Begleittextes heißt. Der Tote (d. h. seine Seele »Ba«) verläßt also zur täglichen Sonnenverehrung die Sargkammer durch den Eingang, durch den sein Sarkophag hereingekommen war, und gelangt zum Eingang des Kultbereiches seines Grabes, wo er den Sonnenkult mit einem Brandopfer an Amun-Re, d. h. an den Sonnengott, vollzieht (Szene 1: »Ein Opfer veranstalten . . . für Amun-Re, Herrn von Karnak, täglich . . .«).
Es ging dem Toten jedoch nicht nur darum, »die Sonnenscheibe zu sehen«. Denn wenn er durch die Eingangstür der Sargkammer schreitet, wird die Verheißung des Amun-Re, die auf dem inneren Türsturz des Durchganges angebracht ist, Wirklichkeit. Diese Verheißung besagt, daß Amun-Re dem Verstorbenen Ein- und Ausgang in seinen Tempel gewährt, d. h. der tägliche Ausgang des Toten führt vom Grabe weg bis in den Tempel von Karnak, wo er – vertreten durch Statuen – am Opferkult des Göttertempels teilnimmt.
Damit schließt sich für den Verstorbenen der Kreis: Für das Leben im Jenseits durch ein maat-gerechtes Leben vorbereitet, wird der Beamte nach seinem Tode ordnungsgemäß mumifiziert, sein Vertreter (seine Statue) wird hergestellt und belebt; es erfolgt ein vorschriftsmäßiges Begräbnis, an das sich die Aufnahme und Wiederbelebung durch Osiris anschließt. Als »verklärter« Toter wird er »für alle Ewigkeit« täglich versorgt, und er verläßt täglich das Grab, um die Sonne zu schauen und im Tempel von Karnak zu wandeln. Regelmäßig nimmt er an den Auferstehungsfesten des Osiris in Abydos teil, und wenn Amun beim »Schönen Fest vom Wüstental« einmal jährlich von Karnak auf das Westufer Thebens herüberkommt, um die verstorbenen Könige zu besuchen, dann nimmt jeder Tote auch an diesem Fest teil, zu dessen Anlaß seine Nachkommen erscheinen, um im Grabgelände mit ihm zusammen ein Bankett zu feiern, also gemeinsam einen »vollkommenen« Tag miteinander zu verbringen.

◁ *Abb. 41 Theben-West, Grab des Sennefer, Sargkammer; Mundöffnungsritual*

Die Gräber des Sennefer: Wo war er wirklich bestattet?

Das Thebanische Grab Nr. 96 auf dem Hügel von Schech Abd el-Gurna ist, das dürfte deutlich geworden sein, sorgfältig auf die Beisetzung des Bürgermeisters Sennefer vorbereitet worden. Es ist spätestens 1826 bekannt geworden, als der englische Reisende Robert Hay of Linplum erste Zeichnungen der Grabdekoration anfertigte, aber über damals vielleicht noch vorhandene Gegenstände der Grabausstattung ist leider nichts überliefert.
Dagegen fanden sich Stücke der Grabausstattung des Sennefer an einem dafür relativ ungewöhnlichen Ort, nämlich im Tal der Könige in Theben-West. Das Grab (KV 42), das mit großer Wahrscheinlichkeit für die Beisetzung Thutmosis' II. vorgesehen war, enthielt unter anderem eine große Zahl von Gefäßen, von denen einige die Namen des Sennefer und seiner Ehefrau tragen. Tatsächlich ruhte Thutmosis II., wenn er überhaupt je im Grab KV 42 bestattet gewesen sein sollte, in der Regierungszeit seines Enkels Amenophis II. bereits in einem anderen, uns aber unbekannten Grab.
Wie gelangte nun ein Teil der Grabausrüstung des Sennefer und seiner Frau in das Grab im Königsgräbertal? Es erscheint unglaubhaft, daß das Grab TT 96 nach einer Beisetzung des Sennefer beraubt wurde und Stücke aus seiner Grabausstattung anschließend für eine andere Privatbestattung in das Grab KV 42 im Tal der Könige ver-

Abb. 42 Theben-West, Grab des Sennefer, Sargkammer; Motive der Deckendekoration

Abb. 43 Theben-West, Grab des Sennefer, Sargkammer; Fahrt nach Abydos ▷

bracht wurden. Wir können dagegen damit rechnen, daß Sennefer tatsächlich im Tal der Könige bestattet worden ist.

Allgemein kann man aufgrund unseres heutigen Wissensstandes sagen, daß im Tal der Könige bis zur Zeit Thutmosis' III. nur Pharaonen bestattet wurden, abgesehen von KV 36 (Beamtengrab) und möglicherweise KV 33 (Familienangehörige des Königs). Die Erlaubnis, sich als Privatmann im Tal der Könige ein Grab anzulegen – wenn auch ohne Grabdekoration –, stellte somit einen ungewöhnlichen Gunsterweis seitens des Königs dar. Für eine Beisetzung des Bürgermeisters Sennefer im Grabe KV 42 sprechen m. E. zwei Tatbestände:

- Sennefer war wie sein Bruder, der oberägyptische Wesir Amenemope, Jugendgefährte des Königs Amenophis II., stand also in besonders enger persönlicher Beziehung zum Herrscher.
- Sein Bruder legte sich ebenfalls in Schech Abd el-Gurna ein Grab an (TT 29). Auch er benutzte dieses nicht, sondern erhielt ein besonderes Begräbnis im Grab KV 48 im Tal der Könige am Eingang zu einem kleinen Seitental, an dessen Ende das Grab Amenophis' II. (KV 35) liegt.

Vom Eingang des eben genannten Seitentales zieht sich in südwestlicher Richtung ein anderes Seitental hin, in dem Sennefer das leerstehende Grab Thutmosis' II. übernehmen durfte, worin wir natürlich auf keinen Fall eine »Anmaßung« sehen dürfen, denn er tat dies sicher mit Erlaubnis seines Königs, der ihm hiermit seine besondere Gunst beweisen wollte.

Die Ausführung wurde in vier Abschnitte aufgeteilt.

1. wurde eine Reise nach Ägypten unternommen zur Erstellung der notwendigen fotografischen und vermessungstechnischen Aufnahmen. Die Teilnehmer waren Monique Nelson, Marcel Kurz und Jean-Luc Bovot, in Zusammenarbeit mit Dr. Hassanein.
2. ist in Frankreich (Lyon) mit dem genauen Nachbau der Gruft begonnen worden.
3. fand die Herstellung der sogenannten Abziehbilder in den Labors von Kodak-Pathé statt und
4. wurden diese auf die architektonische Nachbildung, den »Unterbau«, übertragen.

In der Nekropole gegenüber von Luxor wurde das Grab erst einmal gründlich gereinigt. Dabei kamen, unter dem halb abgeblätterten antiken Putz, zwei bisher unbekannte Frauenporträts zum Vorschein. Danach konnte fotografiert und vermessen werden. Über hundert Bilder wurden auf Ektachrom-Planfilmen, ISO 64/19°, Format 20×25 cm mit einer Linhof aufgenommen, der ein Weitwinkelobjektiv Schneider vorgesetzt worden war. Letzteres gestattete es, in dem engen Grabe, bei nur 1,70 m Abstand, ein Rechteck von 2,00 m mal 2,60 m bildlich zu erfassen. Diese Fläche konnte ausreichend durch zwei Balcar-Blitze mit Reflektorenschirmen beleuchtet werden.
Die gesamte technische Ausrüstung mußte aus Paris mitgebracht werden. Zum Fotomaterial kamen noch die Meßinstrumente wie Theodolit, Wasserwaage, Nivellierlatten usw. hinzu, und man kann sich gut die drangvolle Enge in dem kleinen Gewölbe vorstellen sowie die sich daraus ergebenden Vorsichtsmaßnahmen erfassen.
Jeden Tag setzte der Fotograf mehrmals nach Luxor über, um im klimatisierten Labor die belichteten Filme aus den Rahmen zu nehmen und dafür neue einzulegen. Die der Entwicklung in Paris harrenden Filme wurden im Labor kühl gelagert. Währenddessen ging der Vermessungsingenieur an seine schwierige Aufgabe. Da der Boden der Grabkammer nicht genau waagerecht war, mußte ein künstliches, dreidimensionales Maßnetz erstellt werden, das auf einer theoretischen, über dem Boden liegenden Horizontalebene fußte. Senkrecht wurde das Netz durch zwei Vertikalebenen bestimmt, von denen eine die Längsachse der Kammer enthielt und von der anderen rechtwinklig in Raummitte geschnitten wurde. Über tausend Bezugspunkte wurden auf diese Weise festgelegt. Sie ergaben, für den gesamten Raum, alle 25 cm ein auf den Zentimeter genaues Schnittquadrat, also eine weit größere Genauigkeit als die mit Fotografien erreichbare.

Das Hildesheimer Ausstellungsprojekt wurde von François Lebel, Direktor der Werbe- und Publikumsabteilung von Kodak-Pathé Frankreich, unterstützt. Die für das Pelizaeus-Museum bestimmte Neuanfertigung der Grabreproduktion wurde in Lyon, im April 1987, in Angriff genommen. Als Vorlage diente erneut der erste technische Bericht. Alain Cunillera und seine Mitarbeiter vom »Basic-Théâtral« verwendeten für den Nachbau wieder dicke Polystyrenplatten, ein Material, dessen Bearbeitung sie gründlich beherrschten. Die im Grab aufgenommenen Bezugspunkte wurden auf den Rohbau übertragen, den sie dann wie eine Skulptur formten: Wände und Pfeiler wurden aus der Masse herausmodelliert und die Decke aus 30 Polystyrenplatten zusammengesetzt, deren 25 cm-Breite den vom Vermessungsingenieur erstellten Schnitten entsprach.
Beim Betreten dieses Rohbaues, der schon alle Formen des Thebaner Grabes aufwies, hatte man einen ganz besonderen Eindruck, der sicher jenem ähnlich war, den der Grabverwalter im Altertum empfand, als er die neue, grob ausgehauene Gruft inspizierte, bevor die Flächen glatt verputzt waren, um bemalt zu werden.
Für die endgültige Gestaltung von Wänden und Decke mußten noch ergänzende Dokumente, wie Studien über die Beschaffenheit des Gesteins und seiner Salzausblühungen, seitlich aufgenommene und beleuchtete Fotos, vergrößerte Diapositive usw., zu Hilfe genommen werden. Weiterhin war es notwendig, die zerstörten Stellen genau zu umreißen und alle Bilder mittels zurechtgeschnittener Blaupausen der Abzugsbilder wie ein Mosaik zusammenzusetzen. Die unvermeidlichen Verzerrungen der Fotos wurden ausgeglichen, ohne jedoch die Genauigkeit der Wiedergabe des Ganzen zu beeinträchtigen. Nachdem alle Innenflächen mit Rauhharz überzogen und appretiert sowie die Außenwände verstärkt und feuerfest gemacht worden waren, konnten die »Abziehbilder« aufgetragen werden.
Diese »Abziehbilder« wurden nach der neuen, im Forschungszentrum von Kodak-Pathé entwickelten und ab 1980 in Gebrauch genommenen Technik hergestellt. Sie entstand in Zusammenarbeit von P. Clément, Direktor, G. Philipot, Ingenieur, sowie J. Kempen und J. Haeck. Dieses Verfahren beruht auf der praktischen Anwendung einer besonderen Molekulareigenschaft der Fotogelatine. Diese nur einige Mikromillimeter dünne Emulsion ist stark dehnbar, aber nur in senkrechter Richtung zu ihrer Oberfläche. Infolgedessen bleiben Form und Ausmaß (Breite und Länge) zweidimensionaler Bilder unverän-

dert. Diese Anpassungsfähigkeit bietet den weiteren Vorteil, daß gewisse Verzerrungen der konischen Fotoperspektive ausgeglichen werden.
Für das nachgebildete Sennefergrab wurden daher, über Zwischennegative, naturgroße Abziehbilder hergestellt. Dieser Arbeitsgang ist vom Labor »Publi-Photo« in Paris ausgeführt worden, das über 150 qm verwendbare Vergrößerungen herstellte und sich dabei mit Erfolg um eine genaue Wiedergabe von Farben und Technik der altägyptischen Künstler bemühte.
Diese Vergrößerungen, wie schon erwähnt, wurden bei der Firma Kodak-Pathé, die in Sevran bei Paris neue Labors eingerichtet hatte, in Hunderte von unregelmäßigen, aber bildgerechten Stücken geschnitten. Claude Coureuil und seine Mitarbeiter preßten sie dann mit der Emulsionsschicht auf ein wasserlösliches Spezialpapier. Danach wurden sie in ein heißes Chemikalienbad getaucht, in dem sich der normale Bildträger ablöste und die Emulsionsschicht nur auf dem Spezialpapier haften blieb: das Abziehbild war fertig. Es mußte nun endgültig auf den Unterbau übertragen werden, die interessanteste, aber auch schwierigste Phase des Unternehmens. Jedes Teil des großen »Mosaiks« wurde mit einer Klebschicht überzogen und dann, aber nur mit der oberen Kante, an seinem vorgesehenen Platz befestigt. Das befeuchtete Papier wurde danach vorsichtig abgezogen, nach und nach die dünne Emulsionsschicht freigebend. Diese konnte nun so über den Unterbau gezogen werden, daß sie sich dessen Unebenheiten genau anschmiegte. So entstand, Stück um Stück, das naturgetreue Abbild des Grabraumes, wenn auch an den Anschlußstellen manchmal feine, weiße Fugen blieben, die jedoch durch sorgfältige Retuschen verdeckt werden konnten. Nun galt es nur noch, im letzten Arbeitsgang, das fertige Werk durch einen matten Firnis zu schützen – und Sennefer konnte auf Reisen gehen!
Die freundschaftliche Zusammenarbeit aller Beteiligten hatte nicht nur zum Ziel, Bau und Bildwerk dieses Grabes zu erhalten und wiederzugeben, sondern auch die ihm eigene, dreitausendjährige Atmosphäre einzufangen, durchdrungen vom Schaffen der alten Ägypter, von ihrem Glauben und von ihrer Kultur.

Sennefers Auferstehung – Gestern und Heute

Christiane Desroches Noblecourt

27. September 1822: Champollion erläutert den versammelten Mitgliedern der Inschriftenakademie des französischen Instituts seine bei der Entzifferung der Hieroglyphen angewandte Methode und die ihr zugrunde liegenden Prinzipien. Am selben Tage stampfte ein Schlepper mit mehreren Frachtkähnen die Seine herauf, die Holzwände nach Paris bringend, auf denen die Malereien aus dem Grabe des Königs Sethos' I. abgebildet waren. Der berühmte Abenteurer Belzoni – der »Titan aus Padua« – hatte kurz zuvor dieses Pharaonengrab in Theben-West entdeckt und schickte sich an, dessen Nachbildung in Paris auszustellen – und zwar in den »Chinesischen Bädern« auf den großen Boulevards! Diese mehr oder minder getreue Nachahmung hatte einen erstaunlichen Erfolg, der die Ägyptomanie (eine Folge des Ägyptenfeldzuges von Bonaparte) in Frankreich neu entfachte, denn es war die erste greifbare Begegnung des breiten Publikums mit Ägypten und seinen Geheimnissen. Jedoch wurde ein solches Experiment nur selten wiederholt, da inzwischen die ägyptologischen Museen in ganz Europa sich bereicherten und damals keine gleichwertige Nachahmung ein Kunstwerk hätte ersetzen können. Trotzdem blieb das Bestreben wach, die Umwelt der Zeitgenossen dieser Werke darzustellen und die bis auf uns gekommenen wertvollen Reste nachzubilden.

Anderthalb Jahrhunderte nach Champollion gestattet die Technik der Farbfotografie die Ausführung der ersten, fast ganz naturgetreuen Nachbildung eines Werkes mittels originalgroßer Fototransparente. So wurden, zum Beispiel, für die von mir 1967 in Paris organisierte Tutanchamun-Ausstellung solche Riesentransparente hergestellt, welche die das Begräbnis des Königs darstellenden Wandmalereien fotografisch wiedergaben. 1967 wurde dann im großen Ausstellungspalast in Paris die Nachbildung des farbenreichen Grabes der Königin Nefertari, Lieblingsgattin Ramses' II., dem Publikum gezeigt. Es handelte sich dabei um einen Unterbau aus Metallplatten, auf den die naturgroßen Farbfotos aufgezogen worden waren. Der Erfolg des Modells war so groß, daß die Museen mehrerer Haupt- und Großstädte Europas das »Grab« der Nefertari als Anziehungspunkt für ihre Ausstellungen erbaten. So ging es auf Reisen nach Madrid, Lissabon, zum Teil nach München, überquerte den Atlantik, um in Montreal und Buenos Aires gezeigt zu werden.

Obwohl die Touristik heute das beste Mittel ist, Länder und Kulturen kennenzulernen, bleibt es doch der großen Mehrheit vorenthalten. Hinzu kommt, daß der persönliche, »körperliche« Kontakt an Ort und Stelle mit vielen bedeutenden Denkmälern der Vergangenheit unmöglich ist, da diese zu verfallen drohen oder zu empfindlich sind, um besucht werden zu können.

Ein Musterbeispiel dieser Schwierigkeiten bot die Höhle von Lascaux. Die in ihr ununterbrochen aufeinander folgenden Besuchertrupps hatten eine derartige Steigerung der Feuchtigkeit in den Räumen verursacht, daß den vorgeschichtlichen Malereien in kurzer Frist die Zerstörung drohte. Um sie zu retten, mußte die Höhle geschlossen werden. Aber welchen Ersatz konnte man dafür den immer zahlreicheren und zunehmend anspruchsvolleren Liebhabern der Vorgeschichte bieten, die sich nicht mit Abbildungen in Kunstbüchern begnügen wollten? Eine glückliche Verbindung zweier Techniken gestattete es erstmals, die Höhle mit ihren Malereien bis ins kleinste genau nachzuahmen. Ihre räumliche Ausdehnung wurde durch die Photogrammetrie ermittelt und auf den Nachbau übertragen. Das von Kodak-Pathé entwickelte Verfahren machte die Herstellung eines elastischen Bildträgers möglich, der ohne Verzerrungen Formen und Farben der Fotos bewahrte und wie ein Abziehbild verwendet werden konnte. So entstand das getreue Abbild der Höhle mit der Wiedergabe aller Unebenheiten des Gesteins, an welche sich die dehnbare Fotogelatine genau anpaßte. Dadurch wurde der Beweis erbracht, daß präzise, fein durchdachte Techniken Wissenschaft und Kultur der Menschheit uneigennützige Dienste leisten können. Die Nachbildung der berühmten Höhle von Lascaux wird nunmehr anstelle des Originals besichtigt.

Es lag daher nahe, einen ähnlichen Versuch mit bedrohten ägyptischen Altertümern zu unternehmen. Allen voran kamen die thebanischen Gräber in Betracht, deren wunderbar erhaltene Malereien durch zu häufige Besichtigungen dem Verfall ausgesetzt sind, der bei manchen schon begonnen hat.

Ich habe unter ihnen ein einzigartiges, am Abhang von Gurna liegendes Grab ausgewählt, das durch seine zahlreichen Eigentümlichkeiten ein gutes Beispiel für unser Vorhaben darstellte und dessen Schutz große Schwierigkeiten bereitet. Davon abgesehen, daß die tiefliegende Grabkammer schwer zugänglich ist und ihre Besichtigung sportliche Ausdauer erfordert, sind ihre außergewöhnlich interessanten Wandmalereien und die Unregelmäßigkeiten ihrer Form besonders dazu geeignet, die vielfältigen Anwendungsmöglichkeiten des geschilderten Verfahrens offensichtlich zu machen.

Der Grabkammer ist ganz vorsätzlich die Form einer von vier Pfeilern gestützten Weinlaube gegeben worden. Die unregelmäßige Gewölbedecke erinnert mit ihren Buckeln und Vertiefungen an das knotige, verschlungene Holz des Rebstockes, der mit seinen schweren, blauen Trauben auf sie aufgemalt worden ist. Bis jetzt wurde noch kein anderes Grab in Ägypten gefunden, das dem »Ewigkeithaften« dessen des Sennefer gleich wäre. Es bleibt allerdings die Frage offen, ob dieser bedeutende Beamte Amenophis' II. die Kammer als Ruhestätte für seine Mumie hat herrichten lassen oder ob es sich hier um ein Scheingrab handelt, was nach der Entdeckung einiger Grabausstattungsstücke des Sennefer in einem Grab im Tal der Könige nicht auszuschließen ist.

Der wirklichkeitsnahe Eindruck der Nachbildung dieses Grabes ist äußerst eindrucksvoll: Obwohl die Fotos über eine unebene Fläche aufgezogen wurden, bleibt die mattierte Wiedergabe der Malereien völlig farb- und formgetreu. Die Illusion, sich in der wirklichen Grabkammer zu befinden, ist so vollständig, daß auch der anspruchsvollste Verantwortliche eines Museums die Ausstellung des Nachbaues wagen kann. Diese technische Glanzleistung hilft ihm, seinen Besuchern die Atmosphäre der fernen, altägyptischen Denkmäler zu vermitteln. Welch ergreifendere Einführung in die ehrwürdigen Totenriten des pharaonischen Ägypten könnte man sich wünschen als den Anblick dieser mystischen Wiege, wo der Verstorbene alle Wandlungen erfährt bis zur Wiedergeburt im Lichte des ewigen Lebens!

Im Oberbau der Grabanlage ist ein großer Saal gestaltet worden, in dem die Priester den Totenkult zelebrierten und sich die Angehörigen und Freunde des Verstorbenen für religiöse Feste sowie an den Jahrestagen des Begräbnisses versammelten. (Abb. 20, 23–26) Die dortigen, besonders eleganten Malereien erinnern in ihrer Feinheit und durch ihre Farben an Miniaturmalereien. Leider ist seit langer Zeit ein großer Teil von ihnen Plünderern und dem Zahn der Zeit zum Opfer gefallen. Dagegen war den Lebenden der Zutritt zur unterirdischen Grabkammer mit ihren großangelegten Malereien verboten. Sie war dem Sarg und der Grabausstattung vorbehalten, deren magische Gegenstände dem Toten seine Reise in die Welt der Seligen erleichtern sollten. Jedoch blieb der vorerst Entseelte nicht allein in dieser unsichtbaren, übernatürlichen Welt. Die übersinnliche Form seiner Frau, seines weiblichen Gegenstückes, trat in diesem Zusammenhang an die Stelle der Hathor, der großen Göttin des Todes und der Liebe, deren Wirken den Menschen dazu anspornte, in göttlicher Trunkenheit über sich selbst hinauszuwachsen.

Die Kräfte der Natur sind Gegenstand zahlreicher Mythen des Neuen Reiches. Eine Folge ineinander verschmelzender Fassungen stellt, metaphorisch verkleidet, die verschiedenen Formen und Wirkungskreise der großen Göttin dar. Hathor-Eros fordert durch ihre Reize zum Liebesverlangen auf. Isis-die-Zauberin erweckt die entschwundene Manneskraft ihres toten, zu Osiris gewordenen Gatten, um von ihm zu empfangen. Während sich das Leben in ihrem Schoß entwickelt, umgibt es Isis-die-Mutter mit wachsamer Fürsorge, bis sie das neue Wesen in die Sphäre des ewigen Lebens einführt, wie Sothis, der Morgenstern, die Wiedergeburt der Sonne ankündigt.

Der Osirismythos lag der Jenseitshoffnung der alten Ägypter zugrunde und war ein wesentliches Fundament ihrer Kultur. Damit jeder Tote den Osiriszyklus durchlaufen konnte, mußten bestimmte Riten vollzogen werden, die, erst verschleiert angedeutet, im Laufe der langen

Abb. 56 Kairo, Ägyptisches Museum; Kleiner Goldschrein aus dem Grabschatz des Tutanchamun ▷

Abb. 57

Abb. 58

Abb. 59 ▽

pharaonischen Geschichte immer deutlicher dargestellt wurden. Die ersten Ansätze sind schon in den Pyramidentexten und den alten Schriften enthalten. Nach und nach erscheinen sie auch in den religiösen Darstellungen, bis schließlich Plutarch die charakteristischsten, alle Zeiten überdauernden Züge der Osirislegende sammelte und niederschrieb. So ist zum Beispiel die Verwandlung der Isis in einen weiblichen Vogel, der sich auf der Mumie des von der Zauberreichen wiedererweckten Osiris niederläßt und von ihm befruchtet wird, durchaus nicht die Erfindung eines wundersüchtigen Historikers! Den Beweis erbringt schon Anfang der 19. Dynastie ein Wandrelief im Tempel Sethos' I. in Abydos, wo diese Szene ganz natürlich dargestellt worden ist. Ja selbst am Ende der eigentlichen Pharaonenzeit, als die Lagiden und danach die römischen Herrscher aus politischen Gründen beflissen waren, Tempel und Kulte zu erhalten und neue Heiligtümer zu erbauen, wurde dieselbe Szene in ihnen dargestellt. So sieht man sie noch im großen Isistempel auf Philae in den geheimen Osiriskapellen, wo die zwar verborgenen, aber triumphierenden althergebrachten Götterformen den Mythos mit verschlüsselten Bildern vervollständigen, die sich auf die wesentlichen Entstehungsstufen des göttlichen Lichtkörpers beziehen.

Aber waren diese grundlegenden symbolischen Riten auch dem gewöhnlichen Sterblichen zugängig, damit er sich seine Zukunft in der Ewigkeit sichern konnte? Diese Frage kann bejaht werden, denn jeder Tote wurde zu Osiris. Nur die dabei verwendete Bildsprache verschleierte das tiefe Geheimnis der Verwandlung, und ihre Ausdrucksformen waren in den Privatgräbern dem täglichen Leben entlehnt (man vergleiche dazu deren Ausschmükkung mit den Darstellungen in zeitlich entsprechenden Königsgräbern). In dieser Hinsicht stellen die Malereien im Grabe des Sennefer ein ebenso wertvolles wie einzigartiges Beispiel dar. Sennefer und seine Gattin – für die das Grab wahrscheinlich mitbestimmt war – erscheinen auf den Wandbildern in würdevoller, statischer Haltung. Die Kleider, Schmuckstücke und Perücken – mit Ausnahme der Pilgerkleidung für die Reise nach Abydos (Abb. 43) – zeugen vom hohen Rang des Paares. Hier sei dabei auf ein Detail hingewiesen, das sicher bedeutungsvoll ist, aber meines Wissens bis jetzt weder bemerkt noch erklärt worden ist: Die Ohren der beiden Toten sind sichtbar, während die aller anderen Personen – Priester jeden Ranges, Diener, Matrosen usw. –, welche nur als Ausführende um sie herum tätig sind, von einer kurzen Perücke bedeckt sind.

In den altägyptischen Tempeln sind Säulen und Pfeiler mit den »kultstrategisch« wichtigen Darstellungen und Texten geschmückt. Nach derselben Regel unterscheiden sich inhaltlich in Sennefers Grab die Szenen auf den Pfeilern von den Wandbildern. Von den sechzehn Seiten der vier Pfeiler sind zwei dem Reinigungsopfer für den Bürgermeister von Theben vorbehalten (Abb. 37,38). Auf den vierzehn anderen Flächen stehen sich ausschließlich Sennefer und eine schlanke Frau gegenüber. Diese um ihn bemühte Schöne wird hier Merit, das heißt die Geliebte, genannt. Nach Monique Nelsons sehr wahrscheinlicher Vermutung handelt es sich um die Gattin Sennefers, die nur in der Grabkammer so heißt, während sie in der oberen Kapelle und auf den Statuen ihren »irdischen« Namen Senet-nai trägt.

Aus den vierzehn Bildern muß man zuerst die auswählen, die sich mit der körperlichen Stärkung des Toten und der Wiederherstellung seines Ichs befassen. Dazu gehören die magischen Handlungen seitens der Geliebten, die Sennefer Schmuck, Amulette und rituelles Zubehör darbringt (Abb. 45), und die ihren Höhepunkt in einer zärtlichen Szene erreichen, wo die verschlungenen Hände des Paares die Liebesumarmung vorausnehmen (Abb. 46). Bei alldem bleibt Sennefer in steifer, fast unbeweglicher Haltung sitzen, während Merit stehend handelt. Sennefer trägt seine die Ohren freigebende Perücke, im Gegensatz zu Merit, deren verführerische, lange Locken die Ohren verdecken. Danach salbt Merit ihren Gatten mit kostbaren Ölen und Spezereien und reicht ihm den Lotos, der die Geburt der Sonne ankündigt. Zuletzt erscheint dann das Bild des Grabherrn in seiner lichten Herrlichkeit unter der heiligen Sykomore sitzend. Merit, die ihre Aufgabe beendet hat, wird ihn in die Ewigkeit begleiten und läßt sich ruhig neben ihm nieder (Abb. 40).

Das Dekor dieser Grabkammer ist beispielhaft für die Bildsprache der Privatgräber, mit der das Wirken der

Abb. 57 Kairo, Ägyptisches Museum; Szene vom Goldschrein. Königin Anchesenamun übergibt Menit und Sistrum an Tutanchamun

Abb. 58 Kairo, Ägyptisches Museum; Szene vom Goldschrein. Tutanchamun gießt seiner Gemahlin Wasser oder Salböl in die Hand

Abb. 59 Kairo, Ägyptisches Museum; Szene vom Goldschrein. Das königliche Paar bei der Vogeljagd im Papyrusdickicht

Göttin, die den Toten in das Jenseits einführt, ausgedrückt wird.
Amenophis IV. – Echnaton hat bekanntlich die allen verständlichen Ausdrucksformen gewählt, um seine Reform dem Volk nahezubringen. Er verwendete die Umgangssprache seiner Zeit, das Neuägyptische, für offizielle Texte. Auch die religiösen Begriffe wurden klar ausgedrückt – man könnte sogar sagen »entstaubt« – und in für alle begreiflichen Bildern dargestellt. Die vielen Szenen des sogenannten innigen Familienlebens bei Hofe sollten nur darlegen oder daran erinnern, daß dem Königspaar das Leben und seine Fruchtbarkeit direkt von Gott geschenkt wurden und daß es deshalb auf Erden das immer wiederkehrende Erwachen neuen allumfassenden Lebens verbürgt. In diesem Sinne müssen die Bilder des sich in der Öffentlichkeit umarmenden Paares verstanden werden, denn welch andere Auslegung könnte man sonst dafür finden, daß Pharao die schöne Nofretete vor aller Augen küßt? – zumal beide in einem von vier feurigen Rossen in gestrecktem Galopp gezogenen Streitwagen stehen! (Übrigens ist dies wahrscheinlich das Vorbild für Phöbus auf seinem Sonnenwagen.) Die Darstellungen der kinderreichen Königsfamilie auf den Stelen der Hausaltäre in Tell el-Amarna gehören ebenfalls zu dieser Gruppe von Bildwerken.
Es kann daher nicht überraschen, daß zum Abschluß der Amarnazeit die Reliefs des kleinen, goldbeschlagenen Schreines aus dem Grab des Tutanchamun das Hochzeitsgemach (die osirianische Henket) andeuten (C. Desroches Noblecourt, »Vie et Mort d'un Pharaon – Toutankhamon«, Paris 1962, 266 ff.), welches zugleich das mystische Geburtshaus, ein Mammisi, des Königs ist (Abb. 56).
In den sechzehn Bildern (von denen zwei auf der Innenseite der Türflügel stehen) werden in derselben als Szenen des täglichen Lebens verschlüsselten Form die wesentlichen, zur Auferstehung führenden Stufen des jungen Pharaos dargestellt. Die Riten beginnen mit der Begegnung seiner ihn magisch umsorgenden Witwe und enden mit seiner Wiedergeburt als neue Sonne. Die Pfeilerszenen des Sennefergrabes stellen eine ältere, für einen mächtigen Beamten bestimmte Fassung dieser doppelsinnigen Bilder dar, deren Bedeutung ich schon vor mehreren Jahren erklärt habe. Wenn also Anchesenamun ihrem königlichen Gatten das Sistrum, das die göttliche Schöpfungskraft erwecken sollte, und das Menit, Symbol des fruchtbaren Körpers der Liebesgöttin, darreicht (Abb. 57), so schafft sie damit die Voraussetzung zur Vereinigung des Entseelten mit der Allmutter. Ihm werden wieder Salben und rituelle Gegenstände gereicht, um das Wunder des Erwachens vorzubereiten. Tutanchamun ist mit seinem vergangenen irdischen Körper dargestellt. Der Liebesakt selbst ist nur verschlüsselt angedeutet: Anchesenamun, zu Füßen ihres Gatten, sich ihm mit hingebender Aufmerksamkeit zuwendend, empfängt von ihm die »göttliche Flüssigkeit«, die er in ihre Hand gießt (Abb. 58). (Diese Szene bezieht sich nicht auf das Dogma der Theogamie, der mystischen Hochzeit der Königin mit einem Gott, um den künftigen Thronerben zu legitimieren.) Während der Schwangerschaft wacht die königliche Priesterin, der Gottesmutter gleich, über das keimende Leben und wendet alle Gefahren, die durch die Wildenten der Ursümpfe versinnbildlicht sind, von ihrem wiedererstehenden Gatten ab (Abb. 59). Am Ende seiner Prüfungen geht der Wiedergeborene aus dem Dunkel hervor und wendet sich, noch unsicheren Schrittes, aber von seiner Gattin und Mutter geleitet, dem ihm verheißenen Lichtkreise zu.
Abschließend sei noch gesagt, daß die mustergültige und genaue Nachbildung der prächtigen Grabkammer des Sennefer von außergewöhnlichem Interesse ist, da in ihr drei Faktoren, gut ausgewogen, zusammengefaßt sind: eine künstlerische Überlieferung Altägyptens, eine neubeleuchtete Anschauung ehrwürdiger Begräbnisriten und eine staunenerregende Demonstration der technischen Möglichkeiten unserer Zeit.

Ägypten im frühen Neuen Reich, Grundzüge einer Entwicklung

Wolfgang Helck

»Hätte ich doch unbekannte Worte, fremde Sprüche, in neuer Sprache, die noch nicht entstanden ist, ohne Wiederholung – keine Sprüche der Vergangenheit, die schon die Vorfahren gesagt haben.« So beginnt die »Lehre des Chacheperreseneb«, verfaßt in der Zeit der 13. Dynastie, also nach der Epoche der bedeutenden Könige mit den Namen Amenemhet und Sesostris, die das »Mittlere Reich« bestimmten. Diese Worte zeigen uns eindringlich das große Problem, das diese Zeit beherrscht hat: Das Mittlere Reich war bewußt als ein Rückgriff auf die Zeit der großen Pyramidenerbauer des Alten Reiches konzipiert worden. So sollte wie damals ein kaum differenziertes Volk wieder unter einem Herrscher »von Gottes Gnaden« in ungebrochener Loyalität allein dem »Staat« dienen. Das wirkte sich für die Bewohner Ägyptens im Mittleren Reich weitgehend dahin aus, daß sie in stetig steigendem Maße zu den großen Bauunternehmen herangezogen wurden. Diese mögen – wie etwa die Trockenlegung des Fajjum und die großen Kanalarbeiten – für die Versorgung der Bevölkerung notwendig gewesen sein; sie engten aber auch die Selbstbestimmung des einzelnen in unerträglicher Weise ein.
Dabei muß man bedenken, daß man in der vorangegangenen Zeit die Freiheit des einzelnen von ihrer positiven wie negativen Seite erlebt hatte und sich nun unter dem Druck des Staates naturgemäß an die guten Seiten der Freiheit erinnerte, als es noch möglich gewesen war, es »mit eigener Kraft« zu Wohlstand und Ansehen zu bringen und über seine Zeit und seine Arbeit selbst zu bestimmen. Und noch einen Unterschied zur Vergangenheit gab es: Im Gegensatz zur Zeit der ersten Pyramidenerbauer stand kein Glaube hinter dem persönlichen Arbeitseinsatz der Menschen. War man unter Snofru (4. Dynastie) etwa noch überzeugt, durch den Bau der Pyramiden nicht nur den Leib des gestorbenen Königs zu sichern, sondern sich dadurch selbst das ewige Leben zu garantieren, so bestand zwischen den drückenden Erdarbeiten des Mittleren Reiches und ihren Ausführenden keine emotionale Verbindung. Nur der Zwang und die Beschränkung des eigenen Lebens wurden gefühlt.
Dieser innere Widerstand des Volkes hatte zur Folge, daß ein immer größerer bürokratischer Apparat aufgebaut werden mußte, um alles im Bereich des staatlichen Lebens im Gang zu halten. Dieser administrative Überbau wurde immer mehr verfeinert, die Aufgabenbereiche immer weiter unterteilt und komplizierte Hierarchien und Verfahrenswege ausgearbeitet, bis Kontrollinstitutionen so weit ausgebaut waren, daß sich am Ende ein undurchdringliches Netz von Verwaltungen über das ganze Land legte.
Machtpolitisch gesehen bewirkte diese Konstellation, daß die Bürokratie zum wichtigsten Faktor der eigentlichen Entscheidungen wurde, während der König auf das religiös-rituelle Gebiet seiner Aufgaben beschränkt wurde. Die Ämter wurden in der Beamtenschaft erblich und letztlich zu einem Eigentum, das man auch verkaufen konnte. So finden wir das höchste Staatsamt, das Wesirat, in der 13. Dynastie schließlich fest in der Hand einer einzigen Familie, wobei der jeweilige Inhaber das Amt in der Regierungszeit mehrerer Könige ausüben konnte. Die Könige stammten zum Teil selbst aus der Beamtenschaft, zum Teil waren es Usurpatoren aus der Gruppe der Milizkommandeure, wobei man wegen des schnellen Herrscherwechsels sogar daran gedacht hat, daß hier eine Art Wahlkönigtum vorliegt, ohne dies allerdings beweisen zu können.

Abb. 60 Karnak, Tempel des Amun-Re, 7. Pylon; Thutmosis III. erschlägt asiatische Feinde ▷

Das ändert aber nichts an der Tatsache, daß die eng miteinander verschwägerten großen Beamtenfamilien die entscheidende Macht im Staat darstellten. Diese aber waren nicht daran interessiert, neue Vorstellungen aufkommen zu lassen, die möglicherweise ihren Einfluß in Frage stellen konnten. Von daher durfte es natürlich »neue Worte« »ohne Wiederholung« nicht geben, sondern allein die Sprüche der Vorfahren besaßen Geltung: Das waren jene zu Beginn des Mittleren Reiches propagierten »Lebensregeln«, die das »Schweigen«, die Unterwerfung unter die Hierarchie der Bürokraten, zum höchsten Ziel des Menschen machten, und all jene Maximen, die die Freiheit des einzelnen zugunsten des »Staates« einschränkten. Der »Staat« aber war die Herrschaft der Beamtenschaft. Letztlich also entstand eine feingegliederte Verwaltung, deren Hauptaufgabe es war, sich selbst zu verwalten. Der Aufschrei des Chacheperreseneb zeigt zwar deutlich, daß eine Opposition bestand, die aber ohnmächtig blieb gegenüber der geballten Macht der Bürokratie.

So erstarrte Ägypten in Unbeweglichkeit. In diesen Zustand stießen nun aus den asiatischen Bereichen fremde Gruppen und mit ihnen neue Ideen. Wenn wir die späte Schilderung des Geschichtsschreibers Manetho aus dem 3. Jahrhundert v.Chr. glauben dürfen – und da es keine entsprechenden zeitgenössischen Quellen gibt, sind wir methodisch gezwungen, ihm zu vertrauen –, so waren es »unbekannte Leute«, die sich »mit Gewalt« festsetzten, zunächst barbarisch hausten, dann im Delta die Residenz Auaris gründeten und von dort aus Ägypten beherrschten. »Dieses Volk aber nannte man Hyksos«, d.h. ihre Herrscher trugen den Titel heka hasut »Herrscher der Fremdländer« (also: aus der Fremde). Welchen größeren Volksgruppen wir diese Hyksos zuordnen sollen, ist noch heftig umstritten: Manche Wissenschaftler sehen in ihnen Angehörige nordwestsemitischer Stämme, andere erklären sie als Hurriter; ihre Personennamen, von denen nur wenige erhalten blieben, sind teils hurritisch zu erklären, teils aber – und das gilt besonders für die Herrschernamen – entziehen sie sich jeder Deutung.

Doch spielt die ethnische Zugehörigkeit im Grunde keine Rolle; viel wichtiger ist die Frage, welche kulturellen Eigenheiten sie besaßen. In diesem Zusammenhang ist es aber nun von größter Bedeutung, daß man bereits bei den ältesten Hyksos durch die Ausgrabungen in ihrer Hauptstadt Auaris hat feststellen können, daß sie Pferde besaßen, die vorher in Ägypten unbekannt waren. Pferde aber wurden in jenen Zeiten allein zum Ziehen des Streitwagens verwendet – eine zivile Nutzung, auch als Reittier, ist nicht nachzuweisen. Den Streitwagen wiederum hatte eine Gruppe »indoarischer« Wanderstämme in den ersten Jahrhunderten des 2. Jahrtausends v.Chr. den im Bereich des Van-Sees ansässigen hurritischen Stämmen mitgebracht, über die sie dank ihrer militärischen Überlegenheit eine kurzlebige Herrschaft errichteten. Aber noch viele Jahrhunderte später gehörten die technischen Ausdrücke des Streitwagens wie der Pferdedressur, aber auch die Namen der nun hurritischen Herrscher in Obermesopotamien bis tief nach Palästina hinein einer Sprache an, die dem ältesten Sanskrit noch sehr nahestand.

Die Ausbreitung der hurritischen Streitwagenkultur läßt sich in Syrien und Palästina an verschiedenen Indizien ablesen: In einer Stadt wie Qatna wird noch in der Zeit Amenophis' IV. Hurritisch gesprochen; der Fürst von Akschaf trägt den »indischen« Namen Indrōta, »von Indra gegeben«; die Schicht der Streitwagenkämpfer (marjanu) findet sich in Alalach wie in Qadesch. Letztlich schildern uns hethitische Texte eindringlich, wie die hurritischen Gruppen unter ihren »Feldherren« Anatolien durchziehen und das mühsam wachsende hethitische Reich immer wieder an den Rand der Vernichtung bringen. Auffälligerweise wird in dieser Zeit nicht von einem hurritischen »Reich« unter einem Oberkönig gesprochen, sondern immer nur von den »Hurri-Ländern«. Wir müssen also mit zahlreichen Stadtstaaten unter hurritischen (oder hurritisierten) Fürsten rechnen, die als ein politischer Bund handelten; entscheidend aber dürfte dabei das Gefühl gewesen sein, eine eigene, vom Pferd und vom Streitwagen geprägte Vorstellungswelt zu besitzen, die sie von der Umwelt absetzte. Das Gefühl, allen anderen überlegen zu sein, einmal durch das Erlebnis der bisher unvorstellbaren Schnelligkeit auf dem Streitwagen, dann aber auch des Herausgehobenseins im Kampf über die Masse der Fußkämpfer, führte rasch zu einer elitären Absonderung dieser Gruppe der Streitwagenkämpfer. Zugleich kam hinzu, daß einerseits die Pflege der Pferde größeren Besitz an Land und Menschen erforderte, andererseits Wagenkämpfer durch die Verpflichtung zu den Feldzügen von anderen Anforderungen der Gemeinschaft freigestellt waren. So kann man – um dem heutigen Betrachter ein ungefähres Bild zu vermitteln – an das Rittertum des frühen Mittelalters in Europa erinnern, in dem sich ebenfalls aus der besonderen Aufgabe und Stellung einer Gruppe eine Schicht mit eigenen Wertvorstellungen und Verhaltensweisen entwickelte. Selbst eine Gestalt wie der »fahrende Ritter«, der in die Fremde zieht

Abb. 61 Kerma, Residenz (westl. Deffufa) des Herrschers von Kusch

und nach Bestehen zahlreicher Abenteuer die Hand einer Prinzessin und ein Reich erlangt, könnte – wenn wir der allerdings späteren Erzählung vom »Verwunschenen Prinzen« glauben – damals bekannt gewesen sein. Die besondere Verehrung des Pferdes, die sogar – wie hethitische Gesetze belegen – bestehende Moralvorschriften durchbrechen konnte, oder das immer wieder auftretende Motiv »Ich und mein Fahrer« zeigen an, wie zentral die Gedanken um Pferd und Wagen kreisten.
So entwickelte sich also im ganzen Vorderen Orient eine gemeinsame »ritterliche« Kultur, in der die Streitwagenkämpfer als Gruppe über denen der Handwerker und auch der Beamten standen. Ihre Erlebniswelt war weniger eingeschränkt als die anderer Gruppen, die Emotionen spielten eine größere und vor allem positiv bewertete Rolle, und das Selbstgefühl war stärker und nicht durch enge Moral- und Verwaltungsvorschriften eingeschränkt.
Gruppen dieser Kultur waren es nun, die in Ägypten als »Hyksos« die Macht übernahmen, in einem Bereich also, in dem die Bürokratie herrschte, das »Schweigen« erstes Verhaltensideal und der einzelne nur Rädchen innerhalb einer allmächtigen Maschine war. Man kann daher verstehen, warum Manetho noch mehr als ein Jahrtausend später die katastrophale Wirkung des Zusammenstoßes dieser beiden Kulturen dadurch kennzeichnete, daß er die Zerstörung der Tempel und Städte den Hyksos anlastete. Sicherlich haben sie in ihrem Herrschaftsbereich die alte ägyptische Verwaltung weitgehend zerschlagen und

Abb. 62 Tell ed Dab^ca, Gebiet der Hyksoshauptstadt Auaris

durch ihre neue Hierarchie ersetzt; bezeichnenderweise spielte im Hyksosbereich nicht der Wesir die Hauptrolle als Vertreter der Bürokratie (vielleicht gab es dieses Amt auch überhaupt nicht mehr), sondern ein Mann, der ägyptisch als »Schatzmeister« bezeichnet wurde.

Die Hyksos organisierten Ägypten nun nach ihrer Weise, d.h. wie in den Hurri-Staaten unterstanden dem Oberherrn in Auaris einzelne Stadtfürsten im Lande, von denen wir als wichtigste Vertreter die von Hermopolis und von Theben erkennen können. Wie uns eine der Stelen des Königs Kamose am Ende der Hyksoszeit überliefert, waren sie nur »Große« (»wer«) im Gegensatz zum Hyksos als »Herrscher« (»heka«). Inwieweit das mittlerweile in Nubien entstandene Reich von Kusch ebenfalls in den Kreis dieser »Hurri-Länder« einbezogen oder gar dem Hyksos in Auaris in loser Weise angegliedert war, muß offenbleiben. Immerhin spricht in dem Brief, der uns auf der Kamosestele überliefert ist, der Hyksos Apophis den gerade auf den Thron gekommenen Fürsten von Kusch mit »Sohn« an und wundert sich, daß er ihm seinen Herrschaftsantritt nicht gemeldet hat.

Aber wie in Hatti der Druck der Hurri-Länder und ihrer Überfälle sofort dazu führte, daß man den Streitwagen übernahm, um dem Gegner militärisch ebenbürtig entgegentreten zu können, so mußten auch die ägyptischen Unterfürsten die neue Waffe übernehmen. Sie gründeten eigene Soldatensiedlungen, meist angeschlossen an bestehende Ortschaften, die sie aber nun nicht in die Verwaltung eingliederten, sondern eigenen »Kommandanten« unterstellten. Diese unterstanden unmittelbar dem Herrscher, was darin seinen Ausdruck fand, daß sie zu Titularprinzen ernannt wurden. Es ist immer noch umstritten, wann zum ersten Mal in Ägypten Streitwagen und Pferd erschienen, aber vielleicht ist doch das Darstellen von Handschuhen als Statussymbol in der Weise zu interpretieren, daß diese auf Wagenfahrten hinweisen, weil man sie zum Schutz der Hände beim Zügelhalten benötigte. Man kann sich schwer eine andere Verwendung vorstellen; auch ist der früheste Beleg für Handschuhe als Statussymbol ausgerechnet auf der Stele eines »Königssohnes und Kommandanten von Edfu« erhalten!

Im Text der Kamosestelen werden »Gefährte« erwähnt. Der Vorgänger des Kamose, Seqenenre, ist – wie an seiner Mumie zu erkennen – auf dem Streitwagen stehend von Hyksoskriegern erschlagen worden. Alles dies erlaubt uns anzunehmen, auch die Oberägypter hätten die neue Waffe schnell übernommen, was ja auch das Natürliche war. Dann aber muß zusammen mit der neuen Waffe auch die neue Vorstellungswelt in Oberägypten Einzug gehalten haben mit ihrem ritterlichen Elitedenken und ihrem eigenen Verhaltenskodex, in dem solche Vorstellungen wie »Ehre«, »Ranganspürche« und emotionale Bindung an das »Vaterland« eine Rolle spielen – Vorstellungen, die den bisherigen utilitaristischen Vorstellungen der alten Ägypter scharf entgegengesetzt waren.

Beide Vorstellungswelten führt uns die Einleitung des Kamose-Textes beispielhaft vor Augen. Der König ist Exponent der neuen Welt: »Wozu weiß ich von meiner Macht? Ein Fürst ist in Auaris, ein anderer in Kusch, und ich sitze zusammen mit einem Asiaten und einem Nubier. Jeder schneidet sich seinen Teil aus diesem Ägypten und teilt das Land mit mir auf ... Ich will ihn angehen und seinen Leib aufreißen; mein Wille ist, Ägypten zu befreien und die Asiaten zu schlagen.« Die Beamten aber antworten: »Aber der Machtbereich der Asiaten reicht doch nur bis Qusae, und sie haben ausdrücklich gesagt: Wir sind mit unserem (Teil von) Ägypten zufrieden ... Wir pflügen das Beste ihrer Felder, unsere Rinder weiden im Delta und das Getreide kommt für unsere Schweine ...« Aus diesen Beamten des Kamose spricht die alte Vorstellungswelt der Bürokratie der Vergangenheit.

Das Ringen dieser beiden Vorstellungswelten bestimmte nun die erste Hälfte der 18. Dynastie. Zunächst setzte sich das Militär durch: Auf den ersten Vorstoß des Kamose, den er auf den bereits mehrfach erwähnten zwei Stelen aus Karnak schildert und der seinen Ausgangspunkt bezeichnenderweise bei der Forderung des Kamose auf Gleichrangigkeit mit dem Hyksos in Auaris genommen hatte, folgte dann unter seinem Bruder Ahmose die Eroberung von Auaris und auch des südpalästinensischen Teils der Hyksosherrschaft und damit die Wiederherstellung des geeinten ägyptischen Reiches. Großräumige Ansiedlungen der Mitkämpfer schufen eine wohlhabende Schicht von treuen Anhängern des Königs; mit der Beute kaufte der König die wichtigen Staatsämter auf, um einmal die Macht der großen Familien zu brechen und andererseits Leute seines Vertrauens nun in diese Ämter einzusetzen. Sogar seine eigene Schwester mußte das ererbte Amt eines 2. Priesters des Amun von Karnak an ihren Bruder verkaufen. Wie nötig diese Entmachtung der alten Beamtenschaft war, zeigt die sog. »Gewitterstele« des Ahmose: Hier wird in der typisch ägyptischen Überhöhung des Vorgangs ins Religiöse geschildert, wie der König anscheinend von der in Theben seit alters zentrierten Bürokratie gezwungen wurde, seinen Plan aufzugeben, im Palast bei Dendera zu residieren, wo er sich dem Einfluß der thebanischen Verwaltungsspitzen hätte entziehen können.

Das Ergebnis dieser Auseinandersetzungen und des Widerstandes von seiten des Königs und seiner Anhänger war eine tiefgreifende Verwaltungsreform, die in dieser Zeit durchgeführt worden ist. Wir sind allerdings nicht sicher, ob dies bereits unter Ahmose oder erst unter seinem Nachfolger Amenophis I. stattfand. Sichtbar wird diese Reform am Verschwinden einer Unzahl von Titeln, d.h. zahlreiche Einzelkompetenzen wurden nun zusammengelegt und neu verteilt. Zwei Wesire bildeten jetzt die Verwaltungsspitzen für Ober- und Unterägypten, deren bisherige Eigenverwaltung aufgelöst wurde. Juristische Kompetenzen, die früher auf verschiedene Beamtengruppen aufgeteilt waren, wurden nun neu eingerichteten lokalen Laiengerichten übertragen. Zentralverwaltungen wie die für das Getreide wurden erstmals aufgebaut. So versuchte man, ein neues Ägypten entstehen zu lassen, das nicht mehr im Netz der alten Bürokratie verfangen war und gegenüber den Anforderungen einer neuen Zeit bestehen konnte.

Es kann nicht überraschen, daß derart einschneidende Maßnahmen den Widerstand der betroffenen Schichten hervorriefen, besonders da bei den Reformen auch die Gruppe der Militärs nicht ausgeklammert wurde. Die besondere Stellung der Militärs, die an der Sonderstellung ihrer »Kommandanten« erkennbar war, schien nach der Neuorganisation der Verwaltung nicht mehr gerechtfertigt. Mit Ahmose verschwanden daher die Titularprinzen und Kommandanten im Lande, und nur der Verwalter der damals gerade eroberten nubischen Gebiete behielt diese beiden Titel, um seine direkte Unterstellung unter den König zu betonen. Damals aber scheint ein Angehöriger einer solchen Kommandantenfamilie, die zudem noch enge familiäre Beziehungen zum Königshaus besaß, einen gefährlichen Aufstand gegen Ahmose unternommen zu haben: Es ist der »Aufstand des Tetian«, der uns nur durch eine kurze Bemerkung eines Mitkämpfers des Ahmose überliefert ist. Es wird daraus deutlich, daß diese Reformen nicht ohne Widerstand durchgesetzt werden konnten, denn sie trafen letztlich nicht nur die alten bürokratischen Gegner jeder Änderung, sondern auch alte Vorrechte der an sich königstreuen Gruppen.

Wenn wir nun jenen entscheidenden Vorstoß des Ahmose gegen den letzten Hyksos Chamudi und die Eroberung seines letzten Stützpunktes in Südpalästina Scharhan (im AT: Scharuhen) in einen größeren internationalen Zusammenhang stellen, so zeigt es sich, daß dieses Unternehmen nicht eine lokal begrenzte Auseinandersetzung war. Geschah es doch genau in der gleichen Zeit, in der der hethitische König Mursilis I. einen entscheidenden Sieg gegen die Hurri-Länder erfochten hatte. Sein Vorgänger Hattusilis I. hatte wiederholt versucht, die Vorstöße der Hurriter nach Anatolien dadurch zu beenden, daß er die Hauptstützpunkte dieser Gruppierung am Rand seines eigenen Einflußbereiches auszuschalten trachtete. Dies war ihm bei Zalpa gelungen, aber an Aleppo scheiterte er. Wenn wir Andeutungen glauben dürfen, so ist er dabei sogar umgekommen, denn die Eroberung Aleppos durch seinen Nachfolger Mursilis I. wurde von diesem als Rache für das Blut des Hattusilis bezeichnet. In einem weitgespannten Vorstoß durchbrach er dann die obermesopotamischen Hurri-Herrschaften und kam bis Babylon, wo er die alte Dynastie des Hammurabi stürzte und den Kassiten zur Herrschaft über das alte Kulturland zwischen Euphrat und Tigris verhalf. Erst diese Schwächung der zentralen Hurri-Länder dürfte die Vertreibung der Hyksos aus Ägypten ermöglicht haben, da sie ja nicht von ihren Verbündeten unterstützt werden konnten. Gleichzeitig aber entstand für die südlich der Stoßlinie der Hethiter liegenden Hurri-Staaten wie Qadesch, Qatna, Nuhasse, Tunip, Ugarit die Notwendigkeit, sich gegen die hethitische Gefahr an Ägypten anzulehnen, das ihnen vielleicht sogar aus der jüngsten Geschichte heraus eher als ein »Hurri-Land« erschien als Hatti. So kam es zu der überraschenden Tatsache, daß der Nachfolger Amenophis' I., Thutmosis I., am Euphrat nördlich der starken Festung Karkemisch seine »Sieges«-Stele errichten konnte, ohne daß wir von Kämpfen oder Stadteroberungen auf dem Wege dorthin hören. Diese mehr oder minder unbeabsichtigte, nur aus einer bestimmten politischen Situation entstandene Ausdehnung des ägyptischen Einflußbereichs ist kein »Imperialismus«, und der ägyptische König erstrebt kein »Weltreich«. Wir müssen uns darüber klar sein, daß die Vorstellung einer Welt in einer einzigen Hand in dieser Zeit weder ideologisch noch praktisch erstrebt worden ist. Man kann auch nicht ägyptische Phrasen dafür heranziehen, die aus der Frühzeit stammen: Wenn der König der Herr »dessen, was die Sonnenscheibe umkreist« genannt wird, so beruht das auf der alten Vorstellung, daß »die Welt« Ägypten ist, in dessen Osten die Sonne auf- und in dessen Westen sie untergeht. Solche ehrwürdigen Phrasen haben mit der »Arbeitswelt« der jeweiligen Gegenwart nichts zu tun. In dieser waren die Ägypter zwar etwa an Byblos interessiert, weil von dort das Holz kam, so wie die Sumerer ihre Niederlassungen aus handelspolitischen Gründen an bestimmten topographischen Punkten gründeten. Aber das Land zwischen Byblos und der ägyptischen Grenze war den Ägyptern ziemlich gleichgültig, soweit nicht eine Karawanenstraße hindurchlief. Es nur zu erobern und zu besetzen, um noch mehr Land zu besitzen, wäre den Ägyptern unsinnig vorgekommen. Weltherrschaft ist eine »Erfindung« der Assyrer, bei denen die religiöse Motivation »Alle Welt unserem Gott Assur untertan« aufkam. Noch die Hethiter haben, als sie aus ganz unterschiedlichen Gründen nach Nordsyrien vorstießen, dieses Gebiet nicht etwa ihrem »Reich« einverleibt, sondern einen neuen »Staat« Karkemisch geschaffen, der »hinzugehörte« wie einst die Hurri-Länder. Wie uns die Hethiter selbst in ihren Texten bezeugen, war es solchen Ländern immer erlaubt, von sich aus ihre Abhängigkeit von einem größeren Zentrum neu zu wählen; ein militärisches Eingreifen des alten Zentrums, um den »Abfall« zu verhindern, verstieß nach hethitischem Verständnis gegen das internationale Recht. So wurden auch Syrien und Palästina von den Ägyptern nie als Provinz verwaltet, und es ist nie eine großangelegte eigene Administration für diese Gebiete geschaffen worden. Stattdessen banden sich die Fürsten durch Eid an den regierenden König in Ägypten. Jeder neue Pharao mußte deshalb so bald wie möglich durch persönliches Erscheinen

Abb. 63 Byblos, Blick über die Tempelanlagen

die Fürsten auf seine Person vereidigen. Selbst in Nubien versuchte man es zunächst mit diesem System. Dort hatten aber starke Widerstände in der Bevölkerung eine Art Provinzverwaltung entstehen lassen. Trotzdem darf nicht von einem ägyptischen »Imperium« römischer Prägung gesprochen werden, sondern es bestanden in Syrien–Palästina weitgehend autonome Stadtstaaten, die mit Ägypten »verbündet« waren; Ägyptens Interessen vertraten dort »Kommissare« (rabiṣu), die die drei großen Einflußgebiete Upe, Amurru und Kanaan überwachten, und natürlich die Führer der meist ziemlich kleinen ägyptischen Garnisonen.
In der Kamose-Inschrift beklagt sich der König, »man komme nicht vorbei bis nach Memphis und bis zum Wasser von Ägypten (= das Mittelmeer?), denn er (der Hyksos) ist ja in Hermopolis«. Der Handelsweg nach Norden hin war also für die Thebaner versperrt. Die große Bedeutung dieses Weges, der ja den Anschluß an den damaligen Welthandel bedeutete, zeigte sich nach der Vertreibung der Hyksos. Dann war nicht nur Byblos wieder in der Hand der Ägypter, sondern diese setzten sich auch vertraglich in Ugarit fest, dem Punkt, wo der internationale Welthandel aus dem Osten umgeschlagen wurde, um über Zypern und Kreta weiter ins westliche Mittelmeer zu gehen.
Gleichzeitig aber nahmen die Ägypter anscheinend sehr

rege Beziehungen zu Kreta auf – vielleicht wurden allerdings auch einfach die schon bestehenden Verbindungen der Hyksos übernommen. Denn aus Kreta kamen nicht nur wichtige Rohstoffe wie z.B. Öle, sondern damals besonders Waffen. Kretische Waffen waren, wie wir anhand eines Textes aus der Stadt Mari am mittleren Euphrat erkennen können, sehr begehrt. So sind die Prunkwaffen, die Ahmose seiner Mutter Ahhotep mit ins Grab gab, eindeutig von kretischen Handwerkern für den König gearbeitet worden. Ein Hyksoskrieger hatte von seinem König Apophis einen Dolch erhalten, der die Imitation eines kretischen ist. Eine kretische Waffe zu besitzen, war also ein Statussymbol – sie müssen die gesuchtesten Waffen der damaligen Zeit gewesen sein.
Dies wirft ein bezeichnendes Licht auch auf die kretische Kultur: So friedlich ihre Fresken auch sein mögen, so dürften die Kreter doch die größten Waffenhändler der damaligen Zeit gewesen sein. Mit diesen aber auf gutem Fuß zu stehen, war das Anliegen der ersten Könige der 18. Dynastie. Daher wurde in den thebanischen Beamtengräbern die Ankunft der kretischen Handelsgesandtschaften so gern dargestellt seit der Zeit der Königin Hatschepsut, in die die ersten uns erhaltenen Abbildungen dieser Gesandtschaften in Theben-West gehören. Erst die Eroberung von Knossos durch die Mykener unterbrach am Ende der Regierung Thutmosis' III. für einige Zeit diesen engen Kontakt mit Ägypten.
Wenn wir uns den Inschriften von Privatpersonen dieser Epoche zuwenden, so erkennen wir einen deutlichen Unterschied gegenüber den Texten, die uns aus dem Mittleren Reich und besonders der 13. Dynastie erhalten sind. War es in den älteren Texten weitgehend das erfolgreiche Durchführen königlicher Befehle, das gemeldet wird, wobei die eigene Initiative fast ganz zurücktrat, so wurde nun zu Beginn der 18. Dynastie das eigene Können, die eigene Erfindungskunst betont. Ein Hersteller von Zeitmessern schildert ausführlich die Erfindung einer richtiger gehenden Wasseruhr, wobei er sogar die neuen Grunderkenntnisse darlegt; ein anderer beschreibt uns eine Erfindung, durch Lehmverputz brüchige Steinwände besser zum Bemalen herzurichten. Solche intellektuellen Taten stehen gleichberechtigt neben den Heldentaten von Soldaten, wie sie als erste eine feindliche Mauer bestiegen, eine Kriegslist des Fürsten von Qadesch durchkreuzten, ja wie sie den König vor dem angreifenden Elefantenbullen gerettet haben.
Aus allen diesen Texten spricht ein ungebrochenes Selbstbewußtsein, wie es in dieser Form vorher nicht zu finden

Abb. 64 Theben-West, Grab des Rechmire; Gabenbringer aus dem ägäischen Raum

war (wenn man von der Zeit kurz nach dem Alten Reich absieht). Man ist überzeugt, daß die Menschheit voranschreitet; ein optimistischer Fortschrittsglaube hat sich durchgesetzt, wie es ja bei einer so emotionell geprägten Rittergesellschaft zu erwarten ist. Man glaubt, »auch von denen noch gelobt zu werden, die nach einem kommen werden und die übertreffen werden, was man selbst geschaffen hat«. Diese Vorstellung, daß andere die Gegenwart übertreffen könnten, ist so unägyptisch wie nur möglich, wo doch bisher immer die Meinung bestand, einst, in der »Zeit der Götter«, wäre die Welt noch in Ordnung gewesen, aber sie hätte sich immer mehr verschlechtert, so daß der einzige Weg immer nur der sein könnte, wieder in der Vorzeit anzuknüpfen. Die Vertreter dieser Meinung waren aber nur zeitweise zurückgedrängt; wir werden sehen, daß diese Weltbetrachtung bald erneut an politischem Einfluß gewinnen wird.
Kommt doch hinzu, daß die optimistische Betrachtung der Zukunft und der Fortschrittsglaube damals zu einer starken Säkularisierung führten: Es entwickelte sich ein Kulturtourismus, der Tempel und Bauwerke der Vergangenheit nicht aus religiösen Gründen besuchte, sondern, weil sie als »schön« galten. Man kann sogar »Schulexkursionen« zu diesen Denkmälern feststellen. Damit ging auch eine Säkularisierung des Königsbildes zusammen: Der Herrscher war nicht mehr »Sohn des Sonnengottes«, sondern seine Herrschaft gründete sich weitgehend darauf, daß er der vollkommenste Vertreter der ritterlichen Gesellschaft war. Natürlich sprechen die Inschriften immer noch in den alten Phrasen und verkünden die Identität von Sonnengott und König. Aber wir dürfen uns von diesen traditionellen Aussagen nicht täuschen lassen, da sie in eine andere Welt gehören, in der die alten Rituale noch galten. In dieser Welt sah das Königsbild ganz anders aus. Solche Diskrepanzen sind nichts Besonderes: Auch in unserer Gegenwart lassen sie sich bei dieser oder jener Monarchie ganz eindeutig erkennen.
Wie die Schwächung der Hurri-Länder in Nordmesopotamien die Vertreibung der Hyksos und die Neuorganisation des ägyptischen Einheitsstaates erst möglich gemacht hatte, so war es wiederum eine Veränderung im Norden, die auch die innere Lage in Ägypten beeinflußte. Bereits unter Thutmosis I. wird zum ersten Mal von einem Land Mitanni gesprochen, gegen das der König zu Felde ziehen mußte. Mitanni war eine Konzentration der nordmesopotamischen Hurri-Länder, die nun ein zentrales Herrschaftsgebiet mit einem König an der Spitze bildeten. Naturgemäß richteten sich dessen Ambitionen nach Westen und Südwesten auf die alten Hurri-Staaten Syriens und Palästinas in Erinnerung an die frühere Zusammengehörigkeit dieser Gebiete in einem großen Staatenbund. Besonders Aleppo als alter Mittelpunkt Syriens war das Ziel der Politik Mitannis.
Thutmosis I. regierte wahrscheinlich knapp 13 Jahre, sein Sohn Thutmosis II. starb in seinem 3. Jahr. Er hatte von seiner Schwestergemahlin Hatschepsut eine Tochter Nofrure und von einer Frau namens Isis einen Sohn, der noch als Kleinstkind zum König Thutmosis III. ausgerufen wurde. Für ihn aber wurde nicht seine Mutter, sondern Hatschepsut als Regentin eingesetzt; möglicherweise hatte die Mutter Isis die Geburt nicht überlebt. Trotzdem ist diese Einsetzung einer anderen Frau als der Mutter als Regentin eine Abweichung von der Tradition und bedarf daher einer Erklärung. Aufgrund der Geschehnisse unter Hatschepsut darf man dahingehend spekulieren, daß sich hier die Gruppe der Beamten, also die Traditionalisten, durchgesetzt hatte. Denn Hatschepsut vertrat auch, nachdem sie sich entweder im 2. oder im 7. Jahr ihrer Regentschaft (die Indizien widersprechen sich) zum König hatte krönen lassen, ohne dabei allerdings Thutmosis III. abzusetzen, eindeutig eine Haltung, die an der Vergangenheit anzuknüpfen und die jüngste Vergangenheit mit ihrer Nachahmung des hurritischen Rittertums zu negieren versuchte. Sie sagt sogar selbst in der Inschrift vom Speos Artemidos, daß eigentlich sie es gewesen wäre, die die Hyksos vertrieben und den Willen des Sonnengottes ausgeführt hätte; alle vor ihr hätten »ohne Re« regiert, d.h. hätten einer falschen Ideologie angehangen und nicht der eigentlich ägyptischen Vorstellung von Gott und der Welt.
Auch wenn man ihre Umgebung ansieht, so erkennt man, daß es sich in vielen Fällen um Angehörige der Beamtenschaft handelt. Ihre Wesire spielten eine große Rolle, der 2. Prophet des Amun, Schatzmeister und Schatzhausvorsteher ebenso, aber keine Militärs. Ihr nächster Vertrauter Senenmut war Verwalter des Tempeleigentums von Karnak. Und so fehlen auch in ihrem Totentempel von Deir el-Bahari alle Hinweise auf militärische Unternehmen, ja Asien wird mit keinem Bild, keinem Wort erwähnt, dagegen zeigt die berühmte Darstellung der Expedition nach Punt an der Somaliküste, wie der Blick Ägyptens jetzt nach Süden gerichtet war. Man sah in dem Ausweiten der Einflußzone nach Asien anscheinend eine Fehlentwicklung, die auch die Weltanschauung des Ägypters nach Meinung der Traditionalisten ungut beeinflußt hatte. Mit der Blickwendung nach Süden griff

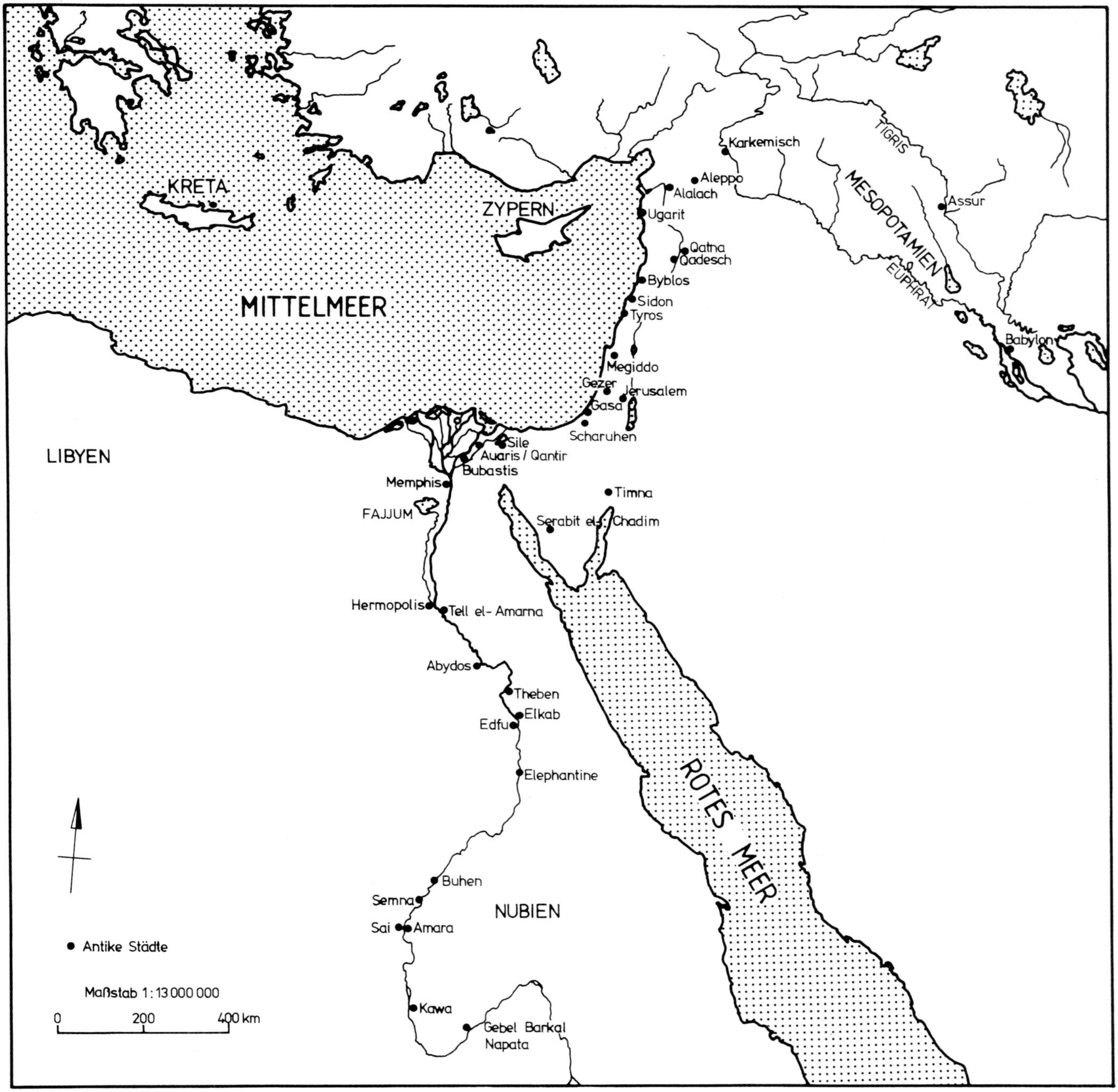

Abb. 65 Ägypten und Vorderasien

Abb. 66 Theben-West, Totentempel der Hatschepsut in Deir el-Bahari; Transport der Weihrauchbäume aus Punt ▷

Abb. 67 Theben-West, Totentempel der Hatschepsut in Deir el-Bahari bei Nacht ▷▷

man wieder auf das Mittlere Reich zurück – hier kommt jener ägyptische Zug wieder zum Tragen, in Krisenaugenblicken in die Vergangenheit zurückzugehen und dort wieder anzuknüpfen, wo nach der gültigen Meinung die Welt noch in Ordnung war. Nicht zufällig hat Hatschepsut eine große Anzahl Inschriften aus königlichen Tempeln des Mittleren Reiches kopiert und auf sich bezogen; zugleich verschweigt sie weitgehend ihren verstorbenen Gatten Thutmosis II. (vielleicht weil er Vater Thutmosis' III. war?) und knüpft ihre Regierung an ihren Vater Thutmosis I. an, von dem sie behauptet, eingesetzt worden zu sein.

Die Inschrift des Idrimi, eines Fürsten von Alalach am unteren Orontes, gibt uns aus ganz anderem Blickwinkel ein Bild davon, wie sich dieser Wandel in Ägypten auf die syrischen Fürsten auswirkte, die sicherlich solche Änderungen in den Gedanken ihrer Großmächte sehr sorgfältig registrierten. Idrimi war Sohn des Fürsten von Aleppo, das damals die Zerstörung durch Mursilis I. überwunden hatte und wieder mächtig vom Euphrat bis ans Mittelmeer reichte. Wie immer in dieser Zeit bestanden in all den Stadtstaaten dieses Bereichs – und in den Amarnabriefen können wir sie auch in der Zeit Amenophis' III. und IV. verfolgen – Fraktionen, die sich der einen oder der anderen Großmacht zuneigten und sich heftig befehdeten. Idrimis Vater Ililimma scheint auf ägyptischer Seite gestanden zu haben; ihn vertrieb und tötete wohl auch die Partei, die Mitanni zuneigte. Wenigstens floh der junge Idrimi erst zur Familie seiner Mutter nach Emar und dann in eine Stadt in der Nähe von Byblos, die sicherlich noch in ägyptischem Einflußgebiet lag. Hier wird er sicherlich – auch wenn er es natürlich nicht sagt – versucht haben, mit ägyptischer Hilfe seine Herrschaft in Aleppo wiederzuerlangen. Erst als dies nicht gelang, arrangierte er sich mit dem Mitannikönig Paratarna und erhielt wenigstens das kleine Fürstentum Alalach zurück, das früher zu Aleppo gehört hatte. Man erkennt also, daß in dieser Zeit, die nach allen chronologischen Angaben die der Hatschepsut gewesen sein muß, die ägyptische Partei in den Stadtstaaten von Ägypten im Stich gelassen wurde, da man in den dort herrschenden Kreisen die Entwicklung einer Einflußsphäre in Syrien als fehlerhaft betrachtet hat.

Hatschepsuts Herrschaft muß voller innerer Spannungen gewesen sein; es gibt Anzeichen, daß sie versucht hat, ihre Tochter Nofrure als Nachfolgerin aufzubauen, jedoch starb das Mädchen etwa im 16. Regierungsjahr ihrer Mutter. Seit diesem Ereignis spüren wir einen Wandel in den inneren Verhältnissen Ägyptens. Bei einer chronologischen Anordnung der zahlreichen Statuen des Senenmut konnte festgestellt werden, daß der Name des jungen Königs Thutmosis III. immer häufiger genannt wurde. So mag die Partei, die hinter ihm stand, immer mehr an Einfluß gewonnen haben. Wir gehen sicherlich nicht fehl, wenn wir – unter Berücksichtigung der bald eintretenden Ereignisse – in dieser Gruppe das Militär vermuten. Der erste Versuch, einen Wandel an der Spitze durchzusetzen, schlug fehl: Senenmut und mehrere andere hohe Vertraute der Königin wurden gestürzt, wie die Vernichtung ihrer Namen und Darstellungen erkennen läßt.

Doch die Änderung der ägyptischen Politik ließ sich nicht aufhalten: Wieder kam der Anstoß von außen aus dem Norden. Der Rückzug Ägyptens aus den syrisch-palästinensischen Gebieten hatte dazu geführt, daß der gesamte Bereich mit seinen Stadtstaaten zu Mitanni überlief. Nur ein kleiner südpalästinensischer Brückenkopf um die alte Festung Scharhan war in ägyptischer Hand geblieben, wie wir aus einer kurzen historischen Einleitung der sog. Annalen Thutmosis' III. hören, die er im Amuntempel von Karnak aufzeichnen ließ. Dies scheint in den Nachfolgern der früheren Hurri-Länder, also im jetzigen Mitanni und Kizzuwatna (im Taurusgebiet) wie aber auch in den Stadtstaaten Qatna, Qadesch und Tunip die Hoffnung ausgelöst zu haben, wie einst zur Zeit der Hyksos auch Ägypten wieder dem alten Bund anschließen zu können. Wenigstens schildert uns Thutmosis III., wie die Truppen dieser Gebiete nicht nur bereits versammelt waren, sondern sich schon gegen Ägypten in Bewegung gesetzt hatten.

So erhob sich das strategische Problem, wie diesem Angriff zu begegnen sei. Möglicherweise dachte man in der Regierung der Hatschepsut an eine stationäre Verteidigung am »Horusweg«, der seit dem Mittleren Reich ausgebauten Sperranlage über den Isthmus von Suez. Wie spätere Geschehnisse in der Geschichte Ägyptens aber deutlich machen, bestand bei einem Durchbruch des Gegners durch diese Sperranlagen keine Möglichkeit, ihn im daran anschließenden Wadi Tumilat aufzuhalten und Memphis erfolgreich zu verteidigen. Der Gegenplan bestand in einer offensiven Verteidigung, sah also vor, in den Aufmarsch der Gegner hineinzustoßen. Das Militär neigte anscheinend letzterem Plan zu. Die Nachricht vom Aufmarsch der gegnerischen Truppen löste in Ägypten ei-

Abb. 68 Karnak, Tempel des Amun-Re; Obelisken Thutmosis' I. und der Hatschepsut mit Heiligem See im Vordergrund ▷

Abb. 69 Landschaft bei Megiddo

nen Staatsstreich aus, der den jungen Thutmosis III. auf den Thron brachte. Hatschepsut kam dabei um, ihr Andenken wurde verfemt, ihr Name beseitigt, ihre Statuen zerschlagen und in alten Steinbrüchen verschüttet. Ein solcher Vorgang ist nur aus der Emotion der Stunde zu erklären – wenn einige Gelehrte meinen, daß die Verfemung der Königin erst viele Jahre danach vorgenommen worden sei, so widerspricht das nicht nur der Wahrscheinlichkeit, sondern auch die archäologischen Zeugnisse sprechen insgesamt für eine alsbaldige Verfemung der Königin.

Wie dem auch sei – eindeutig ist, daß die ägyptischen Truppen nun mit ihrem neuen (und alten) König Thutmosis III. an der Spitze sehr rasch nach dem Sturz Hatschepsuts nach Norden marschierten und bei Megiddo die vereinigten Truppen des Gegners zur Schlacht zwangen. Nach langer Belagerung von Megiddo kam es zu einem Vertrag, der dem Gegner den Abzug erlaubte. Thutmosis III. hat dann noch jahrzehntelang gegen Mitanni um die Einflußsphären gekämpft, wobei langsam Mitanni die Oberhand gewann. Immer wieder versuchten die ägyptischen Truppen, von den durch die überlegene ägyptische Flotte gesicherten syrischen Häfen wie Simyra aus gegen das Landesinnere vorzustoßen. Die Hauptlast auf der anderen Seite trugen die Stadtstaaten Tunip und Qadesch. Ein Versuch Thutmosis' III., in seinem 33. Jahr durch einen Gewaltvorstoß zum Euphrat den Mitannikönig zu einer Entscheidung zu zwingen, mißlang, da dieser sich in kluger Ausnutzung des Geländes in die Steppen Nordmesopotamiens zurückzog. Letztlich ergab sich eine

Abgrenzung des Einflußbereichs, durch die die Küste bis Ugarit in ägyptischer Hand blieb und auch die alten Orte Tunip (dessen Lage nicht sicher ist) und Qadesch dem ägyptischen König Treue schwuren; aber das wichtige Aleppo und gar Karkemisch waren treue Gefolgsleute des Mitannikönigs.

Diese Kämpfe hatten nun zur Folge, daß sich in Ägypten selbst eine neue Schicht von Mitkämpfern bildete, die stolz darauf waren, »an den Füßen Seiner Majestät« die Kriegszüge mitgemacht zu haben. Sie wurden belohnt und kamen so zu Wohlstand, auf sie aber gründete auch der König seine Herrschaft, indem der Begriff der Treue zum Herrn maßgebend wurde. Das persönliche Verhältnis vom Gefolgsmann zum Herrn gab nun den Ausschlag, der Einsatz des einzelnen auf den Zügen nach Syrien befähigte auch zur Übernahme wichtiger Verwaltungsposten. Allerdings kam es wenigstens unter Thutmosis III. nicht zu einer völligen Ablösung der alten Beamtenfamilien; wir wissen, daß sein langjähriger oberägyptischer Wesir Rechmire einer alten Wesirsfamilie entstammte, die bereits unter Hatschepsut dieses Amt bekleidet hatte.

Die Generation unter Thutmosis III. ist anscheinend am stärksten von jenen Gedanken geprägt gewesen, die durch die große geistige Wende während der Hyksos-Zeit in Ägypten zur Wirkung gekommen sind und die wir als Ausdruck einer »ritterlichen« Gesellschaft ansehen dürfen. Innere Freiheit war gepaart mit einer freiwilligen Bindung an den Herrscher; man wußte, was man tun durfte und was nicht, entsprechend einem »standesgemäßen« Ehrenkodex.

Verständlicherweise ist eine solche Einstellung, die aus gemeinsamen Erlebnissen entstanden war, nicht auf Dauer durchzuhalten, sobald sich die Umstände verändern. Als Thutmosis III. nach 54 Jahren der Regierung starb, kam sein Sohn Amenophis II. auf den Thron. Er war in den Vorstellungen der Zeit seines Vaters erzogen und strebte danach, wie dieser ein »echter Ritter« zu sein. Es ist nun auffallend, wie er in seinen Inschriften dieses Ideal des Rittertums manchmal beinahe bis ins Lächerliche übertreibt. Eine ganze Stele, in Giza aufgestellt, spricht nur von seinen unübertrefflichen Leistungen im Bogenschießen, Wagenfahren, Rudern und Pferdetrainieren. Einen »Feldzug«, der wahrscheinlich nichts anderes war als das Einsammeln der Eide der palästinensischen Kleinfürsten, läßt er schildern wie eine gewaltige Unternehmung, aber die eroberten »Städte« sind sonst unbekannte Dörfer und die mitgeteilten Episoden grenzen in ihrer Unwahrscheinlichkeit ans Lachhafte, so wie z.B. die Geschichte, daß er allein Hunderte von Gefangenen eine ganze Nacht hindurch bewachte. Liest man den Bericht genauer, so erkennt man, wie brüchig der ägyptische Einfluß in Syrien–Palästina geworden war: Ein Vorstoß nach Norden wird plötzlich im Bericht nicht weiter geschildert, so daß »leere« Tage in der Abfolge der Ereignisse entstehen, die die Vermutung nahelegen, dieser Vorstoß sei recht erfolglos gewesen. Daraufhin revoltierte die mitannitreue Partei in Ugarit, und die ägyptische Einflußnahme konnte nur mühsam wiederhergestellt werden. Mitannische Emissäre operierten bereits tief im ägyptischen Gebiet. Hier müssen nun bombastische Schilderungen die fehlenden Erfolge überdecken. Auch im Inneren übertrieb man jetzt jene von Thutmosis III. betonte Vorliebe für die Mitkämpfer, deren Treue ihm erprobt erschienen war. Amenophis II. setzte überall in die wichtigsten Stellen des Staates jene jungen Leute ein, die mit ihm in der Palastschule erzogen worden waren oder die zu seinen Milchbrüdern gehört hatten, d.h. Kinder seiner Ammen waren. Hier wurde also das Prinzip der persönlichen Bindung an den Herrscher überspitzt angewendet. Auch der Bürgermeister von Theben Sennefer, um dessen ausgeschmückte Grabkammer es in diesem Katalog geht, war Sohn eines Erziehers (»Vater-Ammer«) des Königs.

Letztlich durchzogen diese Übertreibungen des ritterlichen Lebens noch weitere Bereiche. Der König betonte die ungehemmten Emotionen in übermäßiger Weise: Jener uralte Ritus des Erschlagens des Feindes, sicherlich schon seit der Zeit der ersten ägyptischen Könige nicht mehr durchgeführt, wurde von ihm wiederbelebt. Er selbst identifizierte sich mit den wilden syrischen Gottheiten Anat und Reschef, die wie Berserker das Schlachtfeld auf dem Streitwagen durchstürmen; sich zu betrinken, wurde zum Ausdruck eines vollen Lebens.

So endete eine geistige Entwicklung in der Übertreibung und führte sich damit selbst ad absurdum. Ein neuer Anfang mußte gefunden werden, denn eine Epoche war abgelaufen. Doch die alten Probleme, entstanden aus dem Gegensatz zwischen der traditionell denkenden Bürokratie und dem neuen Gedanken nachhängenden Militär, blieben erhalten, wenn sie nun auch unter veränderten Verhältnissen (endeten doch die Jahrhunderte dauernden Kämpfe mit Mitanni in friedlicher Koexistenz) auf anderer Ebene ausgetragen wurden. Das Ergebnis war dann die Katastrophe von Amarna.

Chronologische Übersicht über die Geschichte Ägyptens

nach: W. Helck, Geschichte des alten Ägypten, Leiden–Köln 1981[2]

VORGESCHICHTE			bis um 3000 v. Chr.
FRÜHZEIT, 1./2. Dyn.	Thiniten-Zeit		um 2925–2657 v. Chr.
ALTES REICH, 3.–6. Dyn.	Pyramiden-Zeit		um 2657–2154 v. Chr.
1. ZWISCHENZEIT, 8.–10. Dyn.			
	8. Dyn.		um 2154–2137 v. Chr.
	9./10. Dyn. Herakleopolitenzeit		um 2137–2030 v. Chr.
MITTLERES REICH, 11./12. Dyn.			
	Reichseinigung Mentuhotep II.		um 2030 v. Chr.
	12. Dyn.		um 1994–1781 v. Chr.
2. ZWISCHENZEIT, 13.–17. Dyn.			um 1781–1542 v. Chr.
	13. Dyn.		um 1781–1650 v. Chr.
	15./16. Dyn. Hyksos-Zeit		um 1650–1542 v. Chr.
	17. Dyn.		um 1650–1542 v. Chr.
		Kamose	um 1545–1542 v. Chr.
NEUES REICH, 18.–20. Dyn.			um 1542–1069 v. Chr.
	18. Dyn.		um 1542–1295 v. Chr.
		AHMOSE	1542–1517 v. Chr.
		AMENOPHIS I.	1517–1496 v. Chr.
		THUTMOSIS I.	1496–1482 v. Chr.
		THUTMOSIS II.	1482–1479 v. Chr.
		HATSCHEPSUT	1479–1458 v. Chr.
		THUTMOSIS III.	1479–1426 v. Chr.
		AMENOPHIS II.	1428–1402 v. Chr.
		THUTMOSIS IV.	1402–1392 v. Chr.
		AMENOPHIS III.	1392–1355 v. Chr.
		AMENOPHIS IV.	1355–1338 v. Chr.
		SEMENCHKARE	1338–1336 v. Chr.
		TUTANCHAMUN	1336–1326 v. Chr.
		EJE	1326–1322 v. Chr.
		HAREMHAB	1322–1295 v. Chr.
	19./20. Dyn. Ramessiden-Zeit		1295–1069 v. Chr.
3. ZWISCHENZEIT, 21.–25. Dyn.			um 1069– 664 v. Chr.
SPÄTZEIT, 26.–30. Dyn.			664– 332 v. Chr.
PTOLEMÄER-ZEIT			332– 30 v. Chr.

Historischer Abriß zur frühen 18. Dynastie

Kamose 1545–1542 v. Chr.

Letzter König der von den vorderasiatischen Hyksos als Vasallen abhängigen 17. Dynastie mit Sitz in Theben.
Intensivierung des unter seinem Vater Seqenenre Taa II. begonnenen Kampfes gegen die Oberherrschaft der Hyksos. Befreit ganz Mittelägypten und dringt kurzfristig bis zur Hyksoshauptstadt Auaris vor.
Die »Kamosestele« berichtet vom mißlungenen Versuch des Hyksosherrschers Apophis, sich mit dem Herrscher von Kusch im Süden, wohl mit der Residenz Kerma, gegen die aufbegehrenden Thebaner zu verbünden.

Ahmose 1542–1517 v. Chr.

Erster König der 18. Dynastie, Bruder des Kamose. Vertreibt die Hyksos nach langwierigen Kämpfen, u. a. durch die Umstellung der Kampfmethoden (Einführung einer eigenen Streitwagentruppe), aus Ägypten. Gleichzeitige Angriffe gegen das Hyksosreich durch die Hethiter im Norden, so daß es in wenigen Jahren auseinanderbricht. Ahmose stößt bis Südpalästina vor und erobert die Festung von Scharuhen bei Gaza, um die Nordgrenze Ägyptens zu sichern.
Wiederherstellung der ägyptischen Herrschaft bis zum 2. Katarakt über Unternubien, das als eigenständige Provinz einem Vizekönig unterstellt wird, der von Aniba aus regiert. Die Südgrenze wird von der Festung Buhen am 2. Katarakt kontrolliert, deren gewaltiger Ausbau beginnt. Ahmose dringt sogar bis zur Insel Sai vor, wodurch die Macht eines selbständigen Fürstentums von Kusch erheblich geschwächt wird.
Nach der Niederwerfung eines Aufstandes in Ägypten Aufbau einer zentralen Verwaltung mit Sitz in Theben, das gleichzeitig als Hauptkultort des Gottes Amun zum religiösen Mittelpunkt wird.
Im Jahr 20 erneuter Vorstoß nach Syrien und Palästina, deren Stadtstaaten sich Ägypten anschließen.
Restaurierungs- und Bauvorhaben werden in Theben und Abydos eingeleitet, Steinbrüche (z. B. in Tura) und Goldminen im gesamten Einflußbereich wiedereröffnet und gesichert.

Amenophis I. 1517–1496 v. Chr.

Sohn des Ahmose. Erneute Kämpfe in Nubien mit aufständischen Gruppen. Der neue Vizekönig von Nubien, Turi, stellt die Ordnung wieder her und baut die Festungsgruppe Semna, Kumma und Uronarti südlich des 2. Kataraktes aus.
Im vorderasiatischen Raum schließen sich weitere Stadtstaaten dem erstarkten Ägypten an, da sie im Pharao den rechtmäßigen Nachfolger der Hyksosherrscher sehen. Gleichzeitig konsolidiert sich in Nordsyrien das Mitannireich.
Weiterführung der Verwaltungsreform in Ägypten. Der König sammelt eine kulturelle Elite um sich. Im Zusammenhang einer religiösen Erneuerung werden die unterschiedlichen Jenseitsvorstellungen in Jenseitsführern (z. B. dem Amduat) zusammengefaßt und neu formuliert. Die Astronomie spielt eine wichtige Rolle, der Astronom Amenemhet rühmt sich der Herstellung einer Wasseruhr, und auf der Rückseite des medizinischen Papyrus Ebers aus dieser Zeit findet sich ein Kalender mit dem für die moderne Chronologieforschung so wichtigen Datum vom Frühaufgang des Sirius (Sothis).
Der Herrscher selbst tritt als großer Bauherr z. B. in Karnak (Alabaster-Kapelle), Theben-West, Elkab und Abydos auf. Sein Grab legt er als erster Herrscher getrennt von seinem Totentempel versteckt in Dra Abu'l Naga an. Er gilt als Gründer der Arbeitersiedlung von Deir el-Medineh.

Thutmosis I. 1496–1482 v. Chr.

Nachfolger aus einer Seitenlinie des Königshauses.
Wechselvolle Kämpfe mit dem Mitannireich. Er erreicht den Euphrat und berichtet als politische Propaganda von seiner Elefantenjagd in Nordsyrien.
Im Süden stößt er bis zum 4. Katarakt vor und schließt Obernubien (Kusch) als Provinz dem ägyptischen Reich an. Memphis wird zum zweiten, außenpolitisch orientierten Verwaltungszentrum.
Der Oberbaumeister Ineni treibt die Bauarbeiten am Amuntempel in Karnak voran (2 Pylone, 2 Obelisken und Kolossalstatuen werden errichtet). Das Grab Thutmosis' I. ist das erste königliche Begräbnis im »Tal der Könige«.

Thutmosis II. 1482–1479 v. Chr.

Sohn Thutmosis' I. und seiner Nebenfrau Mutnefret, verheiratet mit seiner Halbschwester Hatschepsut.
Strafexpedition nach Nubien und gegen die Beduinen in Südpalästina.
Sein Grab blieb unvollendet, sein Totentempel wurde von seinem Sohn Thutmosis III. umgebaut.

Hatschepsut/Thutmosis III. 1479–1426 v. Chr.

Hatschepsut übernimmt als Witwe Thutmosis' II. die Regentschaft für den minderjährigen Thutmosis III., läßt sich aber im 2. oder 7. Jahr zum regierenden König proklamieren. Sie beruft sich auf eine (fiktive) Einsetzung zur Nachfolgerin durch ihren Vater Thutmosis I.
Sie vernachlässigt bewußt die syrisch-palästinensischen Besitzungen, da sie sich nicht als Nachfolgerin der Hyksos versteht. Die syrischen Stadtstaaten fallen von Ägypten ab und gehen zu den Mitanni über.
Hatschepsut betont die Beziehungen zu Nubien und Afrika (Expedition nach Punt, abgebildet in ihrem Totentempel in Deir el-Bahari). Auf Transport und Aufstellung eines Obeliskenpaares in Karnak ruht ihre volle Aufmerksamkeit (ebenfalls in ihrem Totentempel dargestellt).
Einige ihrer wichtigsten Berater sind der Hohepriester des Amun Hapuseneb und der Vermögensverwalter des Amuntempels Senenmut, die gemeinsam die Bauvorhaben der Königin überwachen (z. B. Luxor, Karnak und Deir el-Bahari).
Im Bereich von Rund- und Flachbild zeigt sich eine hohe Qualität und ein erstaunlicher Ideenreichtum (z. B. in den Statuen des Senenmut).
Machtwechsel nach fünfzehnjähriger gemeinsamer Regierungszeit, ausgelöst durch einen Angriff der Mitanni im Jahr 1458. Der neue Alleinherrscher Thutmosis III. rückt sofort gegen die Koalition von Mitanni und syrischen Stadtstaaten vor; die Belagerung von Megiddo endet mit der Vereidigung der meisten Stadtstaaten auf Ägypten. Mit wechselndem Erfolg alljährliche Feldzüge. Im Jahr 33 Überschreitung des Euphrats, dem Vorbild Thutmosis' I. folgend, Bericht des Königs von einer Elefantenjagd am Orontes. Trotz der Eroberung von Qadesch bleibt ein entscheidender Sieg gegen die Mitanni aus. Zur Sicherung des abhängigen asiatischen Einflußbereiches wird ein »Vorsteher der nördlichen Fremdländer« eingesetzt.
Mehrere Feldzüge nach Nubien und Reorganisation der dortigen Provinzverwaltung. Der 4. Katarakt bildet die feste Südgrenze des Reiches. Am Gebel Barkal errichtet Thutmosis III. 1454 eine Stele und beginnt möglicherweise schon mit dem Bau einer Tempelanlage.
Die Zusammensetzung der Beamtenschaft ändert sich, persönliche Beziehungen zum König werden wichtiger als Herkunft und Ausbildung. Im Zuge der weiterführenden Verwaltungsreform wird das Wesirat zweigeteilt und eine zentrale Getreideverwaltung neu geschaffen, um den gestiegenen Anforderungen nachzukommen (Größe des Reiches, Feldzüge, Baumaßnahmen).
Der Wohlstand des Staates erreicht einen Höhepunkt (Kriegsbeute, Tribute, Handel und Goldabbau in Nubien); entsprechend entwickelt sich eine rege Bautätigkeit im ganzen Lande. Wirtschaftliche und diplomatische Beziehungen mit Hatti, Assur, Babylon, Zypern, Kreta und den syrischen Stadtstaaten gewinnen an Bedeutung.

Amenophis II. 1428–1402 v. Chr.

Sohn Thutmosis' III.; im 52. Jahr seines Vaters wird er als Mitregent eingesetzt. Er kämpft wenig erfolgreich in Syrien, das Gebiet zwischen Orontes und Euphrat geht verloren.
Auseinandersetzungen der Hatti mit den Mitanni ermöglichen einen Waffenstillstand zwischen Ägypten und Mitanni. Nubien ist zu dieser Zeit befriedet.
Alte Beamtenfamilien verlieren weiter an Einfluß zugunsten persönlicher Freunde des Königs (zumeist aufgrund gemeinsamer Kindheit und Jugend), die die wichtigsten Staatsämter erhalten, wie der Wesir Amenemope und dessen Bruder Sennefer, der Bürgermeister von Theben.
Allgemeiner Wohlstand der Beamtenschaft spiegelt sich auch in ihrer Grabausstattung wider. Architektur, Plastik und Malerei zeugen vom hohen Standard der Kunst dieser Zeit. Die Bautätigkeit des Herrschers konzentriert sich auf den thebanischen und nubischen Raum (z. B. Kalabscha und Amada).

Thutmosis IV. 1402–1392 v. Chr.

Sohn Amenophis' II. Trotz eines gesicherten Regierungsantrittes weist der Herrscher auf seiner Stele vor dem großen Sphinx von Giza auf seine göttliche Bestimmung für dieses Amt hin: der Sonnengott habe ihm die Herrschaft zugesagt, wenn er den Sphinx vom hochanstehenden Sand befreien würde.
Trotz zweier Feldzüge nach Asien (nach Naharina und Gezer) betreibt er gegenüber dem Mitannireich eine Entspannungspolitik, die mit einem Friedensvertrag und seiner Heirat mit einer Mitanniprinzessin besiegelt wird.
Militärische Aktivitäten in Nubien sind trotz eines wohl fiktiven Feldzugberichtes auf den Konosso-Stelen nicht nachzuweisen.
Eine rege Bautätigkeit ist vor allem in den Zentren Karnak, Memphis (Ptahtempel) und Giza (Erweiterung des Harmachis-Tempels), aber auch außerhalb des ägyptischen Kernlandes auf dem Sinai in Serabit el-Chadim und in Nubien, z. B. in Amada und am Gebel Barkal, belegt.
In der Entwicklung der bildenden Kunst wird für die Phase der Thutmosidenzeit ein Endpunkt erreicht. Wie schon unter Amenophis II. entstehen in den Beamtengräbern von Theben-West herrliche Malereien, die sich durch kompositorische Dichte und hohe künstlerische Qualität auszeichnen.